古村·古俗

冯骥才 著

浙江文艺出版社
Zhejiang Literature & Art Publishing House

目 录

古 村

3   大雪入绛州
10   榆次后沟村采样考察记
34   谁救四堡？
39   土楼的活法
45   奇乡李方屯
51   半浦村记
56   水西庄
60   保定二古村探访记
69   太行山的老村子
75   黄海边古渔村探访记
82   涂了漆的苗寨
88   晋地三忧
96   白洋淀之忧
101   我为慈城担忧
106   胡卜村的乡愁与创举
112   中国最古老的村落在哪里？

古俗

121	打树花
128	拜灯山
137	长春萨满闻见记
151	小雨入端午
156	七夕·摩喝乐·仲爷
162	进香
170	年意
173	守岁
179	逛娘娘宫
204	年夜思
210	过年和辟邪
214	年文化
222	除夕情怀
226	大年三十
231	终岁平安
235	老母为我"扎红"带
240	春节是怀旧的日子
244	福字是最深切的春节符号
249	团圆，春节的第一主题
254	春运是一种文化现象

古村

大雪入绛州

在禹州考察完钧瓷古窑出来,雪花纷纷扬扬,扑面而来,这雪花又大又密,打在脸上有种颗粒感。按计划要取道郑州和洛阳而西,经三门峡逾黄河北上,去新绛考察那里的年画。现今全国的十七个主要的年画产地中,就剩下晋南新绛一带的年画的普查还没有启动。晋南年画历史甚久,现存最早的年画就出自北宋时期晋南的平阳(临汾)。这一带很多地方都产年画。除去临汾,新绛和襄汾也是主要的产地。八十年代末我在京津一带的古玩市场曾买到过一些新绛的古画版。历史最久的一块画版《和合二仙》应是明代的。这表明新绛的年画遗存在二十年前就开始流失了。它原有的历史规模究竟如何,目前状况怎样,有无活态的存在,心中毫无底数。是不是早叫古董贩子全

折腾一空了?

车子行到豫西,没想到雪这么大,还在河南境内就遇到严重的塞车。大量的重型载重卡车夹裹着各色小车像漫无尽头的长龙,一动不动地趴在公路上。所有车顶都蒙着厚厚的白雪,至少堵了一天了吧。我们想出各种办法打算绕过这一带的塞车,但所有的国道和小路也全都堵得死死的。在大雪里我们不懈地奋斗到天黑,又冷又饿,直把所有希望都变成绝望,才不得已滞留在新安县一家旅店中。不知何故,这家旅店夜间不供暖气。在冰冷的被窝里我给同来的助手发了一条短信:"我有点顶不住了,再找机会去绛州吧!"然而,清晨起来新绛那边派人过来,居然还弄来一辆公路警车,说山西那边过来的路还通,要我跟他们饯着道儿去山西。盛情难却,只好顶着风雪也顶着迎面飞驰而来的车辆,逆行北上,车子行了五个小时总算到了新绛。

用餐时,当地主人要我先不去看年画,先去看光村。光村的大名早就听说过。还知道北齐时这村子忽生异光,因名光村。主人说,你只要去了就不会后悔,村里到处扔着极精美的石雕,还有一座宋代的小庙福胜寺,里边的泥彩塑还是宋金时期的呢。我明白,他们想叫我们看看光村有没有保护价值,怎么保护和

◇那天来到建村于北齐时期的绛州古村光村,正赶上大雪飞扬

开发。而今年春天我们就要启动全国古村落的普查，听说有这样好的村落，自然急不可待要去，完全忘了脚底板已经快冻成"冰板"了。

雪里的光村有种奇异的美。但我想，如果没有雪，它一定像废墟一样破败不堪。然而此刻，洁白的雪像一张巨毯把遍地的瓦砾全遮了起来，连残垣断壁也镶了一圈白茸茸的雪，只有砖雕、木拱和雀替从中露出它们历尽沧桑而依然典雅又苍劲的面孔。令我惊讶的是，千形百态精美的石雕柱础随处可见。还有不少石础被雪盖着，看不见它们的真容，却能看见它们一个个白皑皑、神秘而优美的形态。它们原是各类大型建筑坚实又华贵的足，现在那些建筑不翼而飞，只剩下这些石础丢了满地。光村原有几户颇具规模的宅院，从残余的一些楼宇中可见其昔日的繁华并不逊色于晋中那些大院。但如今损毁大半，而且毫无保护措施。连村中那座被列为国家文物保护单位的福胜寺中的宋金泥塑，也只是用塑料遮挡起来罢了。我心里有些发急，抢救和保护都迫在眉睫了。根据光村的现状，我建议他们学习晋中王家大院和常家庄园在修复时所采用的将散落的古民居集中保护的"民居博物馆"的方式。但这需要请相关专家进一步

论证，当下急需的是不能叫古董贩子再来"淘宝"了。因为刚刚从村民口中得知最近还有一些石雕的柱础与门狮被贩子买去了。近二十年来，那些懂得建筑文化的建筑师们大多在城里为开发商设计新楼，经常关心这些古建筑艺术的却是不辞劳苦和络绎不绝的古董贩子们，这些古村落不毁才怪呢。

从光村回到新绛县城后，这里鼓乐团的团长听说我来新绛，特意在一所学校的礼堂演了一场"绛州鼓乐"给我们看。绛州鼓乐我心仪已久。开场的"杨门女将"就叫我热血沸腾，十几位杨氏女杰执槌击鼓，震天动地。一瞬间把没有暖气的礼堂中的凛冽的寒气驱得四散。接下来每一场演出都叫人不住喊好。演出的青年人有的是当地的专业演员，有的是艺校学员。应该说这里鼓乐的保护与弘扬做得相当有眼光也有办法。他们一边把这一遗产引入学校教育，从娃娃开始，这就使"传承"落到了实处；另一边将鼓乐投入市场，这也是促使它活下来的一种重要方式。目前这个鼓乐团已经在市场立住脚跟，并且远涉重洋，到不少国家一展风采。演出后我约鼓乐团的团长聊一聊，团长是位行家，懂得保护好历史文化的原汁原味，又善于市场操作。倘若没有这样一位行家，绛州鼓乐会成什么样？由此联

想到光村，光村要是有这样一位古建方面的行家该多好啊！

相比之下，新绛的年画也是问题多多。

转天一早，当地的文化部门将他们保存的新绛年画的古版与老画摆满一间很大的屋子。单是古版就有近二百块。先前，新绛的年画见过一些，但总觉得它是古平阳年画的一个分支，比较零散。这次所见令我吃惊。不单门神、戏曲、风俗、婴戏、美人、传说等各类题材，以及贡笺、条幅、横披、灯画、桌裙、墙纸、拂尘纸、对子纸等各种体裁应有尽有，而且套版、手绘、半印半绘等各类制作手法也一应俱全。其中一种门神是《三国演义》中的赵云，怀里露出一个孩童——阿斗光溜溜的小脑袋。显然，这门神具有保护儿童的含意。还有一块《五老观太极》的线版，先前不曾见过，应是时代久远之作。特别是十几幅美人图，尺寸很大，所绘人物典雅端庄，衣饰华美，线条流畅又精致，与杨柳青年画的"美人"有着鲜明的地域差异，富于晋商辉煌年代的华贵气质和中原文明的庄重之感。看画时，当地负责人还请来两位当地的年画老艺人做讲解。经与他们一聊，就知二位艺人都是地道的传人。所谈内容全是"口头记忆"，分明是十分有价值的年画财富，对其普查——尤其是口述史调查

需要尽快来做了。只有把新绛年画普查清楚,才能彻底理清晋南年画这宗重要的文化遗产。可是谁来做呢?当地没有专门从事年画研究的学者,没有绛州鼓乐团团长那样的人物,正因如此,至今它还是像遗珠一般散落在大地上。这也是很多地方文化遗产至今尚未摸清和整理出来的真正原因。而一些宝贵的文化遗产在无人问津之时就已经消失了。

雪下得愈来愈大,高速公路已经封了。原计划再下一站去介休考察清明文化已经无法成行。在回程的列车上,我的心里真是五味杂陈。三晋大地文化遗存之深厚之灿烂令我惊叹,但这些遗存遍地飘零并急速消失又令人痛惜与焦急。几年来我们几乎天天为一问题而焦虑:从哪里去找那么多救援者和志愿者?到底是我们的文化太多了,专家太少了,还是专家中的志愿者太少了?

我望向窗外,外边的原野严严实实,无声覆盖着一片冰雪。

戊子春节初六

榆次后沟村采样考察记

在全国性民间文化普查启动前,我们在为一件事而焦灼。即要找一个古村落进行采样考察,然后编制一本标准化的普查手册。如此超大规模、千头万绪的举动,没有严格的规范就会陷入杂乱无章的境地。但采样选址何处,众口纷纭,无法决断。

突如其来一个电话,让我们决定奔往晋中榆次。来电话的是榆次的书记耿彦波。他由于晴雯补裘般地修复了两个晋商大院——王家大院和常家庄园而为世人所知。他在电话里告诉我,他在榆次西北的山坳里发现了一座古村落,原汁原味原生态,他说走进那村子好像一不留神掉入时光隧道,进了历史。他还说,他刚从那村子出来,一时情不可遏,便在车上用手机打给我。我感觉他的声音冒着兴奋的光。

我们很快组成了一个考察小组。包括民俗学家、辽大教授乌丙安,民间文化学者向云驹,中央美院教授乔晓光,山东工艺美院教授潘鲁生,民居摄影家李玉祥,民俗摄像师樊宇和谭博等七八个人。这几位不仅是当代一流的民间文化学者,还是田野调查的高手。我们的目的很明确,以榆次这个古村落为对象进行考察,做普查提纲。由于这次普查要采用二十世纪七十年代自欧美崛起的新学科"视觉人类学"的理念与方法,来加强我们这次对民间文化的"全记录",故而这个普查提纲既有文字方面的,还有摄影和摄像方面的。

10月30日,我们由各自所在的城市前往榆次,当日齐集。转日即乘车奔赴这个名叫后沟村的山村开始工作。

是日,天公作美,日丽风和。车子驶入黄土高原深深的沟壑时,强光晒在完全没有植被的黄土上,如同满眼金子。

农耕的桃源

沿着一条顺由山脚曲曲弯弯流淌下来的浅浅而清澈的小河,车子晃晃悠悠地溯源而上。依我的经验,古村落大都保存在权

力达不到的地方，比如省界或几省交界的地区。谁料车子在离开榆次仅仅22公里的地方就停了下来。跳下车便进入了另一个世界。一个世外的天地，一个悄然无声的世界，一个顶天立地的大氧吧，喘气那么舒服。身在这个天地里，忽然觉得挤眉弄眼、诡计多端的现代社会与我相隔千里。

路左一道石桥，过桥即是山村。路右数丈高的土台上，居高临下并排着一大一小两座寺庙，像两件古董摆在那里。小庙是关帝庙，已然残垣断壁，瓦顶生草，庙内无像。大庙为观音堂，建筑形制很特殊，几座殿堂给一座高墙围着，墙上有齿状的垛，宛如一座四四方方的小城；只有左右一对钟鼓二楼的高顶和一株古树浓密的树冠超越围墙，挺拔其上，极是诱人。

大致一看，便能看出这两座庙宇占位颇佳。它们守住村口，即进出山村的必经之处，并与山村遥遥相对。待登到观音堂前的土台上朝北一望，整座山村像一轴画垂在眼前。庙门正对山村。无疑，几乎山村处处都可以遥拜庙中大慈大悲、救苦救难、有求必应的观世音。当年建庙选址的用心之苦，可以想见。

然而乌丙安教授却从整座山村的布局解读出八卦的内涵。古村落与当今城市社区最大的不同，是对风水的讲究。古人择

◇榆次后沟村全貌

地而居，今人争地盖楼。贝聿铭认为风水的本质是"气"，气尚畅而不能阻。我以为风水的真谛是中国人在居住上所追求的与大自然的和谐，即天人合一。对于后沟村来说，首先是这村口，一左一右两座土山（所谓青龙与白虎）围拢上来，形似围抱，身居其中，自会觉得稳妥与安全。而且此处不单避风、避寒，明媚的阳光正好暖洋洋地卧在其中。至于在这村里阳光是什么感觉，进了村便会奇妙地感受到。

走进观音堂，获益不浅。尽管观音堂内的神像全佚，但幸存在檐板和梁架上彩绘的龙，使我认定此庙由来的深远。我与乔晓光和潘鲁生二位教授讨论这些彩绘的年代。大殿的外檐镶着八块檐板，每板画一龙，或升腾，或盘旋，或游走，或回旋，姿态各异；从龙的造型上看，威猛而华贵，我以为年代应在乾隆。虽然历经三百岁，上边的石青石绿和沥粉贴金依然绚烂夺目；而画在殿内梁架上的龙，只用黑墨、铅粉和朱砂三色，却沉静大气，古朴无华；龙的形态雄健而凝重，气势浑然，深具明代气象。

我们在观音堂各处发现的五块石碑，为我的推断做了佐证。其中一块为明代天启六年（1626）重修观音堂的碑记，碑文上

说此庙"年代替远，不知深浅"。看来，早在四个世纪前这座观音堂就是一座古庙了。虽然我们还没有进入后沟村，却已对它心生敬畏。

我向同来的榆次区委书记耿彦波提出三个要求：一是请省文物局对观音堂主殿建筑的彩绘年代进行认定；二是将这五通碑的碑文拓印下来，交由与我同来的天大文学艺术研究院的助手进行考释；三是对庙院内古柏的年龄做出鉴定。

古村落大多没有村史，在县志上往往连村名也找不到。但由于民间历来有"建村先建庙"一说，庙史往往是村史的见证。而庙中植树大多与建庙同时，古庙常与古树同龄。从这古木一圈圈密密的年轮里是否可以找出庙宇的生日？

带着如此美丽而悠远的猜想，我们过桥跨进这来历非凡的山村。

榆次的后沟村有三个。一在沛森，一在北田。这个后沟村属于东赵乡。全村男女老少只有251人，75户人家，高低错落地散布在黄土高坡上。晋中的高原历时太久，由于水文作用，早已沟壑纵横，山体多是支离破碎。村民的居所都是依山而建的窑洞，不论是靠崖式、下沉式，还是独立式，房门不一定朝

南，门上边高高的墙壁上却有一个方洞，里边放一尊小小的石狮，用以驱鬼辟邪。一入大门正对的地方则是嵌入墙内砖雕的神龛，有的神龛朴素单纯，有的神龛精工细致，宛如华屋。且不论繁简粗细，天地神都端坐其中。龛上的对联写着"地载山川水，天照日月星"，横批写着"天高地厚"。院内正房的墙壁上通常还嵌着土地爷的神龛，其中一副对联又美又通俗，上联是"土中生白玉"，下联是"地里出黄金"，横批是"人勤地丰"。看到这些对联，便可以掂量出黄土在人们心中的分量，以及人与大自然的关系，那便是由衷地虔敬，崇拜，生命攸关，感恩戴德，还有无上的亲切。

后沟村用于耕作的土地都在山顶的高原上。世代的先人将一样样的种子搅拌着汗水放在那里培植，给今天的后沟村民留下了40多种五谷杂粮。令村民为之骄傲的是本村盛产的梨子。历史上最高产量曾达到百万斤。村人皆知大清乾隆时本村的梨作为贡品运抵京都，进了万岁爷的龙嘴。

山上蜿蜒曲折的羊肠小道连接着高高低低的人家，都是用脚踩出来的土路。其中一条主干道，由山脚直通山顶。每到秋后，山顶收获的粮谷蔬果便装上小骡子拉的二马车，由这干道

运载下来。这条道是用碎石铺成的，坚实有力，可以乘载村民们年年巨大的喜悦和千吨万吨的果实。每逢此时，这碎石道上要铺上黄土，垫上树枝和干草，以防筐子里的梨子被颠破。后沟村的梨子水多而甜，皮薄且嫩。一车车的黄梨绿菜、红枣白瓜，从山顶运下来后，一半入户入仓，一半拉到西洛、什贴和东赵的集上去卖。直到今天集上交易的方式常常还是以物易物。

村民说，以物易物，相互看得见，不用算计，实实在在，最公平。

此刻已入深秋，但家家户户的院里还堆放着黄澄澄的玉米。有的人家将玉米码成一垛垛，像金库里的黄金。挂在墙上一串串鲜红的辣椒，椒尖东卷西翘，好似熊熊的火苗。它们依然带着两三个月前收获时节的眉开眼笑与生活的激情。但村民的生活已经进入农闲。二十四节气不仅仅指导农耕生产，也调换人的心境。一种富足和休闲的气氛弥满这古老的山村。现代社会城中的休闲间断性地一周两日，农耕的休闲从秋叶满地一直到转年的大雁南来。

一条汉子倚在一架手摇的鼓风机上读报；几个孩子聚在一块平台上玩"跌面面"；一个小女孩穿着名唤"外刹孩"的鞋子

在一旁独自踢毽儿；还有四五个老人一排靠墙蹲着，晒太阳，抽烟，发怔，相互并不说话。他们几乎整整一生厮守在一起，话已说尽，为什么还要坐在一起，一种生命所需求的依靠吗？

阳光照亮他们雪白的胡子，晒暖了每一面朝南的墙壁。一只蜻蜓落在墙上，吸收着太阳从遥不可及的地方送来的暖意，那种玻璃纸一般的双翅和抹在泥墙中细碎的麦秸皮闪闪发光。外边阳光的暖意已经十分稀薄。但是当阳光穿窗入洞时，竟在窑洞里集聚得温暖如春。两个妇女盘腿坐在炕上，用杂色的碎布块缝虎枕。我知道三晋各地的布老虎加起来至少有800种。我还一直想去布老虎之乡长治地区做一次"寻虎行"呢。后沟村的虎枕，可以当枕头使用，放在炕上又是一件艺术品；当然，老虎还是阳刚的象征并具驱邪之意。枕头一端是虎面。猪棕做的粗硬的虎须，白布缝的尖尖的虎牙，朱砂色的线绣成的云形的虎眉。虎的表情既威严又滑稽。枕头的另一端是翘起来的虎尾，尾巴末端还挂着用彩色棉线扎成的一绺彩穗，更显得趣味横生。在中国民间，对于畏惧的事物，往往不是排斥或仇视，相反要与之亲近。人们恐惧洪水，反要舞龙；人们厌鼠，却把老鼠的婚事印在画上；人们怕虎，竟将虎帽虎鞋穿戴在小孩儿

身上。这样一来，人们不是与自己畏惧的事物美好地融为一体了吗？每每看到这种表现，不能不被民间的包容性、亲和力及其博大的情怀所感动。

后沟村有动物，但人们从不打猎。老天也爱此地，故而有蛇却无毒蛇。村民们不尚吃野味，只吃喂养的家禽与家畜，以及粮食蔬菜和瓜果梨桃。男人用土烧制砂锅，女人用荆条编制箩筐。烧火是山中的荆条柴草，不去砍木伐树。用水古时取自龙门河，现在来自深井。后沟村最令人惊异的是家家户户的下水全部使用暗道。各户的分道通向总道，在大山里穿来穿去，然后下泄河中。为了防止雨水冲毁山道或积水淹垮山体，引发塌方，故而山村处处都有疏导雨水的明渠。最高的排水沟竟在山顶上。明渠的水汇入暗道，兼亦利用雨水冲洗暗道，排除淤塞。如此聪明的、巨型的排水工程出自何人？现在的后沟村人已经无人能说清楚。口头的记忆就是如此脆弱。甚至连山村最高处那个位于艮门的神秘的空宅——吊桥院的主人姓甚名谁，也已经化为一团迷雾了。

然而，这个排水系统，令我对后沟村的历史文明心怀崇敬。说到系统，还不止于此。整个山村的生活都是独立的、齐全的、

配套的、自成系统的。

它有磨房和油坊。至今还可以看到一个堆着一些空空的大缸的醋坊遗址。村里有铁匠和木匠，开窑造屋人人都会。至于纺线、织布、裁衣，乃是全村妇女们所擅长。女人们还会用刺绣、剪纸和面塑让生活有声有色。山西人制作面食花样翻新的本领可以进入吉尼斯，后沟村的女人能用五谷杂粮煎炒蒸炸煮烙烤，做出60多种主食来，兼能制作酒枣、干萝卜、灌肠、腌酸菜等等五花八门的小菜小吃。山村半腰的地方有个小小的广场。广场一边是菩萨殿，菩萨毁于"文革"时期，栋梁上的彩绘依稀可见；另一边是古戏台，前棚后屋，形制优美，保存尚属完好。据观音堂所存重修乐亭（即戏台）的石碑碑文，重修戏台在咸丰七年（1857）。这次重修距初建戏台"百有余岁"。按此计算，戏台始建应在乾隆中期。此外，我在戏台后屋发现墙壁上有许多墨笔字，细看原来是榆次市秧歌剧团在1958年9月10日至13日夜场演出的剧目。可见，至少二百年来，戏台前的广场一直是这小小山村的精神乐园。每逢庙会、社火和节日里还有种种自编自演和自娱的活动呢。从物质到精神，他们都是有滋有味和自给自足的。这才是农耕文明一个罕见和地道的

村落典范！一定是老天为我们抢救民间文化的苦心所动，才在这最关键时刻，把一个完整又完美的农耕村落的标本馈赠给我们。而同时我已预感到这个极具个性、气息非凡的小村落的深层一定蕴藏着更丰富和独特的文化信息。我一边思谋下一步该如何做，一边登上高原。此时，日头西斜，侧光入村，半明半暗，景象更加立体。然而山谷空气之清澄，令我惊异。每一口空气吸入肺，都像汽化了的清泉，把肺叶凉爽地洗一遍。低头看到一村民蹲在下边一块突兀的山丘的顶上吃面条，人在这地方很是危险，看来他却早已习惯了。而且边吃边与更下边的另一个村民聊天。那村民坐在自家院中的磨盘上。

这下边吃面条的村民与我距离十来丈，他与更下边另一村民又距离十来丈。但所有说话的声音都像在我的耳边，清晰至极。他们平常就这么聊天吗？

据同来的一个东赵乡的人说，有时两人说话，全村都能听见。

我忽然悟到，所谓桃源，既非镜花水月，亦非野鸟闲云。原来——互不设防，才是桃源的真意。

陶渊明所写是他心中的桃源。我所写是我眼见的桃源。

不信，你可去看。但行动要快，倘若去晚，说不定已经被现代化的巨口吞掉了。

第一部民俗志

初步考察过后，采样小组成员全都兴奋难抑。工作成果在摄影家李玉祥那里立竿见影。他用随身携带的手提电脑，将所拍摄的影像一一展示出来，更加证实后沟村具有典范的意义。他几乎将这个古村落所有重要的视觉信息尽收囊中。由于我们进村后各自行动，他还拍到不少我没有见到的珍罕的细节。显示了这位涉足过数千个古村落的摄影大家非凡的功力——镜头的发现力、捕捉力和表现力，以及在横向行动中纵向关注的深度。

我对他说：你下边的工作是编写《后沟村民俗调查摄影记录范本》。

摄像师樊宇提出，他今天遇到村中一家正在办丧事。他决定住进后沟村拍摄该村丧葬民俗的全过程，然后抽样进行入户的民俗调查。

我知道樊宇是具有献身精神的摄像师。他锐利的眼睛已经看到后沟村在人类学和民俗学中的价值。他不会放弃或漏掉任何机会。摄像与摄影的生命就是抓住稍纵即逝的影像。

另一项重要的工作是对后沟村的民间文化进行文字性的全方位和深入其中的普查。我将这一工作交给榆次区的文联与民协。他们是有普查经验的。我将乌丙安教授编写的《村落民俗普查提纲》交给他们，内分生态、农耕、工匠、交易、交通、服饰、信贷、饮食、居住、家族、村社、岁时、诞生、成年、结婚、拜寿、丧葬、信仰、医药、游艺，凡20类，270个题目，有的一题多问。请他们据此并结合当地情况，另行计划与设题。

随后，我们又赶往祁县赵镇修善村和丰固村考察民间窗花。这两个村庄的百姓都是心灵手巧、多才多艺的。凭一把裁布的剪子，一张红纸，人人都能剪出满窗的鸟语花香。我们想从中找到一位传承有序的剪纸艺人，来做民间美术及其艺人的普查范本。

从山西返回北京不久，传真机的嗒嗒声中，就冒出来榆次区文联传来的《后沟村农耕村落民俗文化普查报告》。榆次区文联在接受我们的工作安排后，很快组成以张月军为首的普查小

组进驻后沟村,并制订了三种工作方式:一、对所有70岁以上老人做调查;二、采用座谈、随机、抽样方式对全村村民做调查;三、对周围村落采用问卷和走访相结合的方式调查。同时将我交给他们的普查提纲,依据当地情况,或减或增,重新列出16类,150个问题,一问一题。这些题目是在考察之中不断提出和完善的。切实、准确、细微、针对性强,而且周全。这个普查小组颇具专业水准。这便使这份普查报告具有形成范本的可靠基础。虽然我们亲临过后沟村,但读了这份报告后才算真正触摸到后沟村的文化。

从中,我们详尽和确切地获知该村所有的物产,人们采用怎样的耕作方式和传统技术,制肥与冬藏的诀窍,节气与农事的特殊关系,与外界沟通和交易的方式,信贷与契约的法则,一日三餐的习惯,治病的秘方与长寿的秘诀,节日中苛刻的习俗与禁忌,蒸煮煎烤炸腌的各种名目的食品与风味小吃,居住的规范与造屋的仪式,生老病死、红白喜事的习俗与程序,分家的原则与坟地的讲究,各种花鸟动物图案的寓意,村民们钟爱的剧目,信仰的世界和对象……仅仅数十户人家的山村,竟有如此深厚的文化。而正是这深切而密集的文化,规范、约定、

吸引与凝聚着后沟村中这小小的族群中的精气，使之生息繁衍于荒僻的山坳间长长数百年。

此后不多日子，榆次区文联又寄来厚厚一本打印的集子，是他们进一步收集到的后沟村大量的谚语、歌谣、故事与传说。其中谚语中"短不过十月，长不过五月""人吃土一辈，土吃人一回""只有上不去的天，没有过不去的山""不怕官，只怕管"等等，都是在这次普查中新搜集到的。多少智慧、经验、感慨、磨砺以及对自由的向往与山川般阔大的胸怀，尽在其间。民歌民谣是集体创作的，它反映一种集体性格。我很欣赏歌谣中的一首《土歌》：

犁出阴土，冻成酥土，

晒成阳土，耙成绒土，

施上肥土，种在墒土，

锄成暗土，养成油土。

这首歌谣对土的爱，之深沉，之真切，之优美，真是可比《诗经》。村民们都是土的艺术家。他们真能把土地制造成丝绸

和天鹅绒！还有那些关于喜鹊、石鸡、斑鸠、红嘴鸦等等充满人性的美丽传说，叫我们体味到这些从不猎杀动物的村民的品格与天性，比我们自以为科学万能而肆虐大自然的现代人文明多了。

在我将这些资料编入《普查手册》时，感觉到全国性的民间文化普查启动之前，已经有了一宗丰厚又宝贵的收获。当然，后沟村也有收获。如今已经拥有全国一流的专家为他们编写的第一部村落的风俗志了。

观音堂考古

一切工作都做得有条不紊。没有急功近利，一如农耕时代的生活。再加上学术上必需的严格与逻辑。

我从中发现，观音堂是解读没有文字记载的后沟村史的关键。

耿彦波一丝不苟地完成了我拜托他的三件事。即拓印观音堂中五通碑的碑文，还有对大殿建筑彩绘和院内古柏年代的鉴定。在历史上，后沟村有许多庙宇，除了观音堂之外，村民们

都知道"东有文昌庙，西有关帝庙，南有魁星庙，北有真武庙"这句话。但保存至今的只有关帝庙；庙中具有史证价值的，也只有一块嵌在院墙上的村民们捐银修庙的石碑，年款为康熙二十八年（1689）。故而，观音堂中种种史料便如一堆宝藏，其中一定埋藏着可以打开后沟村历史的钥匙。

首先是散落在院中和嵌在墙上的五通碑。分别为：

《重修观音堂碑记》（66厘米×49厘米）

《重修碑记》（143厘米×70厘米）

《新建左右耳殿并金妆庙宇碑记》（143厘米×66厘米）

《修路碑记》（128厘米×73厘米）

《重修乐亭碑记》（189厘米×76厘米）

其中前三块都是记载重修与扩建观音堂的石碑。经考证，将这三块碑的年代先后排列如下：

最早一块应是《重修观音堂碑记》。时在明代天启六年（1626）。碑石很小，嵌墙碑，嵌在西殿南墙上，碑面无花纹图案，字体粗糙，排行草率，其貌原始。碑文说"榆次之东北有乡……建古刹一座……颓墙残壁"。可见那时观音堂只是一座简朴的村庙。明代天启年间的重修只是填裂补缺，没有大的改观。

这在下面一块碑的碑文中可以看得清清楚楚。

第二块碑是《重修碑记》。年款已然漫漶不清，无法辨认。但是从碑文可以认定它是明代天启之后的一次再修。碑上描述观音堂时说"顾其庙规模，狭隘朴陋，无华欲焉"，表明明代天启那次重修之简单有限。但这一次大兴土木，故而碑文中对这次重修后的景象十分得意地记上一笔"今而后壮丽可观，焕然维新"。这次重修的成果在第三块碑上也得到了证实。

第三块碑是《新建左右耳殿并金妆庙宇碑记》。时在乾隆四十一年（1776），这是第三次重修。碑文中说，在这次动工之前，经过第二次重修的观音堂已经是"正殿巍峨，两廊深邃"，"自足称一邑之巨观焉"。乾隆年间的重修完全是锦上添花，但规模宏大，不仅扩建耳殿，还对大殿木结构的外檐进行了改造，施用昂贵的贴金彩绘。山西省文物局古建专家柴师泽从檐板龙纹的形制也认定是乾隆时期的作品。单看这块《新建左右耳殿并金妆庙宇碑记》的碑石就很讲究。碑体高大，碑石柔细，刻工精美，边饰为牡丹富贵，碑额上居然雕刻"皇帝万岁"四字，显示该村一时的显赫与殷富。

再看另两通碑就会更加清楚：

《修路碑记》记载着后沟村当年修筑村外道路的事迹。施工时，退宅让路，切崖开道，亦是不小的工程。修路是一个地方兴盛之表现与必需。这块碑也佚失纪年。所幸的是碑石上署着书写碑文和主持造碑的人的姓名，即"阔头村生员郭峻谨书，本村住持道士马合铮"。而前边那块乾隆四十一年（1776）的《新建左右耳殿并金妆庙宇碑记》也是"生员郭峻谨书写，道士马合铮监制"。由此可以推定，后沟村史上这次重要的筑路工程无疑是在乾隆年间了。

另一块《重修乐亭碑记》在前边已经说过，建造戏台的时间同样是在乾隆时期，几乎与扩建观音堂和修筑村路同时。此时，晋中一带正大兴营造之风，晋商们竞相制造那种广宇连天、繁花似锦的豪宅。在榆次，车辋常氏的家业如日中天，浩荡又经典的常家庄园就是此时冒出来的。而后沟村既逢天时，又得地利。由是而今，虽然事隔三百年，人们犹然记得年产百万斤贡梨的历史辉煌。它的黄金岁月正是在乾隆盛世。由此，我们便一下子摸到了后沟村历史的命脉。

关于后沟村建村的时间，却有些扑朔迷离。历史的起点总是像大江的源头那样，烟云弥漫，朦胧不明。现有依据三个，

但没有一个能够作为答案：

一是人们在明代天启（六年）重修观音堂时，已经称之为"古刹"。古刹"古"在哪朝哪代，毫无记载。碑文上只说"年代替远，不知深浅"。正像李白在一千多年前就说"蚕丛及鱼凫，开国何茫然"，可是古蜀到底在何时？

二是榆次区林业局对观音堂院内的古柏采用长生锥办法提取木质，又在室内以切片铲光分析年轮，最后推算出古柏的年龄为580年，即明初永乐二十年（1422）。这么一算，后沟村至少建于明初，但这棵古柏是观音堂最古老的树吗？观音堂是后沟村最古老的寺庙吗？还是无法推算出建村的年代。

三是后沟村中张姓为大姓，一个被调查的村民张丕谦称他的家族世居这里已有30代。并说原有家谱一册，但在前些年不知不觉中丢失了。如果属实，应该超过600年。可是这30代究竟是一个确切的数字，还只是一种"太久太久"的概念？

当然，从以上三个依据，至少可以说元末明初已有此村。但什么原因使最初建村的那些先人远远而来，钻进了这高原深深的野性的褶皱里？

学者们有一种观点。认为与明初移民建村有关，当地民间

就有"洪洞大槐树"之说。明初奖励垦荒，凡洪武二十七年（1394）后新垦田地，不论多寡，俱不起科。但有学者认为，洪武移民多往安徽。《明史》和《明实录》中均没有移民山西的记载。

有的学者认为后沟村建村应在元朝。蒙古进入中原，杀戮汉族十分凶烈，迫使汉族民众逃亡，隐居山林。山西正是"重灾区"。

我支持这种观点的依据是，后沟村是多姓村。张姓47户，范姓15户，侯姓4户，贾姓、刘姓、韩姓等各3户。无论多少，全是聚姓而居，至今亦是如此。这很像宋代逃避到南方的客家人。在异乡异地，聚姓（族）而居是凝聚力量、自我保护的一种方式。

可是单凭这个依据又显得脆弱无力。

在山顶的一座宅院引起人们的兴趣。这宅院前有一座吊桥。吊桥是戒备设施。然而后沟村从来是和睦相处，自古就是"零案件"，吊桥用来防谁？此宅早已荒芜，院内野草如狂；吊桥空废更久，桥板一如老马的牙齿，七零八落。去问村人，无人能说。于是一个古老又遥远的隐居村的想象出现在人们的脑海里。

可是，如果真的是那种恐惧心理伴随着这个村落悄悄地出现，待到了明代就应该改换一种情境。后沟村各处的庙宇早已是晨钟暮鼓，声闻山外。许多寺观庙宇皆荡然无存，为什么这个吊桥反而越过六七百年一直保存到今天？

然而，历史的空白也是历史的一部分，是它迷人的一部分。正像玛雅文明与三星堆那样。我们愈是向它寻求答案，愈会发现它魅力无穷。

尽管大家做这些事没有任何报酬，但谁也没有松懈自己分担的责任。一个月后，纷纷将各自完成的那部分内容寄给我。榆次区文联普查小组、李玉祥和樊宇分别将关于文字、摄影和摄像的普查范本寄给我。按照要求，他们还各自设计了一份普查表格，供普查使用。从专业的角度看，这些田野调查的杰作无须加工，已是高水准的范本了。在十月底初次考察后沟村之后，樊宇又跑过去两次，一次为了补充调查民俗，一次专事记录婚俗。我欣赏他的敬业精神近乎一种奉献。他每次入村拍摄，不去打扰村民，就住在空荡荡的观音堂的大殿里。此时，天已入冬，他便在房子中央生个小炉子。更实用的保暖的办法是多

带一些羽绒的防寒服和毛线袜。不要以为我们抢救民间文化一呼百应，有千军万马，真正在第一线拼命的只是这不多的一些傻子。

春节前我将《普查手册》的全部稿件交付出版社。大年三十之夜的子午交时，我忽然接到一个电话，是樊宇。他没有在家里过年，居然又跑到山西榆次东赵乡后沟村去了。他正把摄像机架在冰雪包裹的滑溜溜的山头上，拍摄那里的年俗。他知道只有将年俗记录下来，才算完成对这个古村落的"全记录"。我拿着话筒，感动得半天说不出话来。话筒里听到他在喊："山里放炮响极了！"我还是不知说什么，忽然电话断了，心想肯定是山里通话的信号不佳。待我渐渐想好该说的话，一遍遍把电话打过去，听到的却总是接线员的"无法接通"。事后我读到樊宇写的一本《影像田野调查》才知道，那时陪他上山的村民滑倒在山坡上，险些落入漆黑的山谷。读到这里，我心中涌起一种骄傲又悲壮的感觉。我为我的伙伴们骄傲。因为在这个物欲如狂的时代，他们在为一种精神行动，也为一种思想活着。

2004.5 入川归来之日

谁救四堡?

去往闽西,心中一个渴望是看望四堡。四堡是我们人类印刷术发源之国如今仅存无多的雕版之乡。

虽然史籍上对四堡雕版的记载微乎其微,但它地处宋代几大雕版中心之一福建的腹地,距离中古时代的雕版重镇建安(今建瓯)也只有百里之遥。那时,它所印制的图书一定就是精美绝伦的"建本"吧。它的历史直通着我国雕版印刷清澈而隽永之源。于是走进它时,有一种将要进入时光隧道的美妙感觉。

然而,一入四堡却大失所望。

没有正在印书的书坊,没有卖书的书铺,一如内地普普通通的村镇。原来历史这般无情!别看它曾经那样辉煌。历史走过,竟然了无踪影;而当下四堡正处在城镇化的进程中,各种近些年

冒出来的形形色色的商店零乱而无序地挤在小镇街道的两边。

多亏当地政府和一些有心人,在四堡中心盖起一座具有闽西特色的小院,里边展示着四堡雕版的历史以及从四处收集来的古版古书,以及印书、裁纸和装订图书的种种工具,可是这里没有专业的研究人员,展览也只是平面的展示,欠缺纵向的内涵。应该说他们能有这样的文化眼光,付出如此的辛苦已属不易。但他们毕竟不是专家,故而对这些古版确切的年代和特征也无从道来。使我惊讶的是,这个具有千年历史的雕版之乡的收藏馆所保存的书版竟只有一部书是完整的!

至于四堡现存的明清以来宅院式的书坊,数量颇大,至少百座。而且建筑风格优美奇特,格局依然如旧,连当年贮墨的石盆也摆在原处。虽然这些书坊已列入全国重点文物保护单位,但大多已成了大杂院,到处堆满生活的杂物和弃物。房子太老,年久失修,正在听其自然地败落、霉坏、朽坏与坍塌,无人也无力量把它们从厚厚的历史尘埃中清理出来。

也许四堡的历史过于久远,早早就度过了它强势的盛年。

福建雕版印刷起始于唐。它真正的繁华却由于碰到了一次千年难逢的机遇——那便是汴京失落后,大宋的南迁,文化中

◇贮墨用的石盆,荒置于院中,至少已有一个世纪

心随之南移。负载着文字传播重任的印刷业，在福建西北部这一片南国纸张的产地如鱼得水般地遍地开花。明清两代五六百年，建安的图书覆盖着江南大地。连此地妇女的民间服装也与印书有关。她们的上衣"衫袖分开"。每每印书完毕，就摘去袖子，一如套袖那样。那时，虽然徽版与金陵版的图书非常走红，但建版的图书始终长盛不衰，一直承担着整个江南广大民间的文化传播的使命。因之，民间的淳朴与生动是建版图书的主要特征。可是十九世纪以来，随着西方铅字印刷的传入，古老的雕版渐渐衰落。遗憾的是，在这种文化悄悄地退出历史舞台时，不但没有人把它作为珍贵的遗产保护下来，反而经历了"文革"的浩劫。许多古版被用于猪圈的护栏，就像天津芦台的乡村曾用年画古版当作洗衣的搓板。及至商品经济时代，这些具有收藏价值的古版又成了古董贩子们猎取的对象。我在龙岩、泉州和厦门的古玩店里所见到的雕工美丽的书版不过二十元一块。在北京潘家园买一套完整的带图的"二十四孝"也不过一两千元。其中不少都是从四堡一带流失出来的！因为四堡民间一直私藏着大量雕版。可是即使四堡当地政府深信这些古版的十分宝贵和失不再来，也不能下令不准百姓出售呀。

于是，我想这责任还是在我们的身上——

无论在欧洲还是在日本与韩国，做这些民间调查和收集工作的都是专家学者。他们就像考古学者和生物专家，以及拍摄野生动物的影视工作者那样，为了自己钟爱的事业长期守候在寂寞的田野里，默默地把每一种文化都搞透搞全，整理得清清楚楚。他们甚至还用同样一种方式来调查我们的民间文化呢。近二十年，在我们闹着"下海"和与国际接轨时，不少日本、韩国和欧洲学者已经在我们广大的乡野调查与收集那些濒危的民间文化了。大量走失的雕版就是被他们从民间买走的。我们不必责怪别人。谁叫我们既没有民间文化保护法，也很少有人肯像他们那样付出辛苦。我想，如果我们有几位研究古代雕版与印刷的学者到四堡去工作两三年，四堡不就有救了吗？当下四堡的政府想对古书坊进行整理与修复，所缺少的正是专家的指导。如果没人去，我断定四堡民间的雕版很快就会流失干净，相关的种种遗存也会消亡殆尽，我们这个曾经发明了印刷术的古国就不再有"活态的见证"可言。

那么，谁去救四堡呢？

2003.10.7

土楼的活法

不管你在世界各地见过多么伟大的建筑,只要纵入闽西南永定、南靖一带的山地,面对着客家人的土楼,一准还是要受到震撼。

这庞大而浑圆的土堡,带着本地红壤的肤色,散落在绿色深处的山峦与河川之间。究竟哪一位客家人有此奇思妙想,将他们自中原携来的夯土技术,掺和了本地富于弹性的竹片和黏性的糯米水,创造出这样的居住奇观。如今,最古老的土楼竟是唐代的!一些久已废弃的土楼巨大的片状的墙壁,兀自竖立在村落之中,有如大西北丝路上那些挺立千年以上的残垣。一种悠远的历史氛围,使人感到这些土楼的阅历深不可测。

也许远自晋唐,南迁而来的中原人,格外注重他们在异地

生存的安全，同时又不肯忘却自己的祖先，宗族的观念就更加强烈，这便是这些家族性、城堡式的土楼产生的心灵动力。

在土楼中央的公共空间里，一律都是祭祀祖先的祠堂。客家人首先敬拜的不是神佛，而是祖先。这使得客家人传衍有序，直至今天。每座土楼都可以找到一部极其完整的家族史。

也正是土楼这种聚族而居的方式，一方面使得中古时代来自中原的伦理观念与文化传统保存至今，一方面也创造了在这神奇的建筑中独有的生活与习俗。当我听说土楼正在申报世界文化遗产时，我说，当然！土楼当然是世界文化遗产，是人类十分珍贵的文化遗存。可是，民居与那些经典的历史建筑不同，它一半是物质性的，还有一半是非物质的人文，沉甸甸厚重而独特的历史人文！

于是我想，土楼一旦成为世界文化遗产，它最重要的事情是保护，而民居保护的关键是里边必须有人生活。历史建筑是建筑加上里边的遗物，民居建筑是建筑加上里边活态的人文。人文该怎么保护呢？

闽西一带客家土楼，多达数万座。单是龙岩市永定县，各种形制的土楼或圆或方，大大小小也有两万座。巨型的土楼一

百多座。虽然大多完好，有人居住，但新一代的年轻人正在渐渐搬出去，或迁居于城市，或另外择地筑房。新建的房屋采用水泥构件，屋室宽大，有水有电，可以安装空调，方便舒适之外，也自成系统。故而人去楼空，已成为一些土楼面临的问题。承启楼一侧有一座五云楼，为江姓一家所建。当年建楼夯土时，一直天晴无雨，故而又称"天助楼"，以谢上苍。五云楼建于明代永乐年间，已有近六百年的历史，外墙内凹，楼内的栏杆、楼板都已变黑，看上去非常像法国汉学家伯希和在世纪初拍摄的历尽沧桑的莫高窟。如今五云楼内只剩下一户人家。这家人从事根雕艺术，借此空楼，在院中展销根雕作品。还有几位住在近处的老人，天天来到这里，在废弃不用的祠堂里摆一张八仙桌下棋消闲。这难道就是土楼们的明天吗？

如果土楼真的最终都成为空楼，它的一半遗存却消失了，活态的人文消失了，土楼的生命也就死亡了。它将成为一种"遗址"。这也是世界许多地方的历史民居都面临的问题。

我对此地的管理者说，闽西土楼数量巨大，不可能全保护起来。对于重点的、有代表性的土楼和土楼群，可否把现代设施——如通风、取暖、煤气、电信等等设备注入进去？欧洲人

◇许多土楼已经空无一人

就用这种方式，甚至在老楼里装上小型的电梯。土楼装电梯恐怕不现实，但改造卫生间是起码要做的。如果人们在土楼里可以享受到现代文明带来的种种方便与恩惠，就不一定离开土楼了。因为人们对自己出生与成长的地方总是有着很深的情感与依恋。但此中有一点要特别注意，就是改善土楼时不能露出现代痕迹。

当然，这只是一种设想，真正要实行就会碰到很多难题。

另一个问题是土楼一旦被确定为世界文化遗产，将要面临巨大的旅游压力。如今土楼在国内外的名气已经相当大。每年参观者逾五十万。多座被列入国家重点文物保护单位的土楼，如振成楼、奎聚楼、承启楼、和贵楼等等，都已经被开发为旅游景点，每年观者如云。一旦成了世界文化遗产，游人更会蜂拥而至。天天一批批金头发或红头发的游客被导游举着小旗引导入内。导游们还要拿着话筒带着游人在楼内上上下下，哇哇地连说带叫，土楼内的居民怎么生活？他们的生活不就成了一种表演或展示？这样，会不会成了将居民挤出土楼的一种不可抗拒的负面力量？

世界文化遗产不仅会带来无穷的益处，也一定会带来很大

的压力，因为世界文化遗产首先的使命是保护。而民居保护比历史建筑的保护困难得多。

因此，土楼必须要改变活法，才能将这活态的生命保持下去。那将是一种什么样的活法呢？谁在为它着想？

2003.10.7

奇乡李方屯

李方屯，一个深藏在草莽之间的古村落。地处无数次被洪水吞噬的黄河故道，还夹峙于冀、鲁、豫之间。虽然它今天归属豫北的滑县，但历史上谁是其主就不好说了。

如今在村口的野地里，依旧扔着一块清嘉庆年间的《重修阁楼记》的青石碑。拂去碑面上的沙土与木叶，可以清晰看到上边写着"直隶大名府东明县迤西八十里李方屯"。由此得知，李方屯属东明县。但直隶是河北省，东明县今日又属山东。这李方屯天经地义应该是谁的呢？

若去问村中的老人，他们会说一个笑话。说古时候这里是个集。集上要是打架死了人，东明县来人调查时，就把死人往南边一拉，说这是长垣（县）的，没我们的事；长垣县来人验

◇远望李方屯（今慈周寨乡前屯一村），如同梦幻

尸时又把人往北边一拉，说这人死在滑县，也没我们的事。故此人们称这地界是"三不管"。还把此地的一个庙叫"三不管庙"，把庙里供着的三位神——牛王、马王、土地，唤作"三不管神"。"三不管"就是没人管。如今这"三不管庙"早拆了，庙碑也扔在村口的草丛中了。

可以说直到今天，人们也没把李方屯看得太重要。连十年前出版的《滑县志》里也找不到有关李方屯的什么内容。是啊，自古以来，这里的人长的模样、吃的东西、种的庄稼和周围的乡村没有两样，只是过年时远近各地会有些卖画的商贩潜入村中。这些商贩用车拉来粮食，换走的是一捆捆有红有绿、五彩缤纷的画儿。于是，豫北广大地区每逢过年，都会请一张李方屯的神像或者祭祖用的《名义》，挂在堂屋的墙上。李方屯因画而名于四方。可是，那时候谁把民间的画儿当回事呢？

这偏僻的小村落何以能刻善画？村里的人都会提到一位五百年前来自山西洪洞县的艺人韩朝英。据说那人手艺高超，善画能刻，是他开创的木版彩绘的李方屯年画。这个说法比较可靠。历史记载，单是明代，从洪武至永乐年间（1368—1424），山西洪洞县就曾有七次大规模移民迁至滑县。其数量占当地人

数十分之三。韩朝英一定是跟随这移民的大潮来到李方屯的。

韩朝英是李方屯年画的始祖，由是而今，已经五百年，传了二十七代。他们的画经过商贩们的层层包销，远远地销售到东北和西北，现在李方屯还保存着一张印有满文的年画，这在全国所有重要的木版年画产地也是首次发现。它表明此地的年画已经深入到关外的满族集居地了，但是他们作画的过程却一直藏匿在一个极其封闭的家族环境里。

他们不像杨柳青或桃花坞那样，一个地区千千户户人家都在作画，技艺的传承一半依靠口诀，并不断有这家那家的高手创造出崭新的画样来。这里的画样是祖先留下来的，很少改动。技艺只传家人，不传外姓，甚至只传男，不传女；连外来的商贩也不准走进他们的作坊。更像一种"独门绝技"。一块画版不知翻刻了多少代，但一直都是忠实于"古本"，从不乱改，要不怎么会一直保留着《诗经》中"神之格思"那样的诗句，而今已无人能解。这不是一块古老的活化石吗？

韩氏家族一代代传承的，不仅仅是老画样，还有裱纸、打灰、兑色、用蛋清和桃胶调制墨汁的老法，以及画法与刀法，次序与程序，还有家族化的管理方式，也都完整和严格地秉承

先人的遗规。当然，这一切又是一代代画工与人间需求相互磨合的结果。族谱中那些理想化的图景，充溢着后人对祖先的虔诚；各种神像中神佛排列的阵容，正是世人对天堂的想象。画上的美本是此地人们心中共有的美。

当一种民间审美为世人所认同，并深受欢迎时，他的自我特征便得到确立，不再会受同类艺术的影响。这便是李方屯能在朱仙镇门口另立一杆大旗的根本缘故。

然而，它毕竟不如开封朱仙镇和天津杨柳青，出身名贵，得天独厚。它养在深闺无人识，深深隐伏在辽阔的黄泛区一片林莽之中。自民国以降，随着农耕衰退和政治波及，渐渐不为人用，不为人言，进而不为人知。尤其李方屯年画以神像和族谱为主，这在当时被视为迷信，又不易被改造为现实的工具，故而很快就被扫进历史的弃物堆里。

近二十年来，倒是古董贩子和外国人比我们更具文化意识，将大量古版廉价买去。如果不是河南省民间文化抢救的力度大，及早发现，这块土地的遗存最多再有五年就会消泯于无，荡然无存。

当我倾听着第二十五代传人韩相然讲述当年兴义作坊种种

生活与作画的情景时,心中一片痴迷。我的小说想象的思维都开始骚动起来。世界上曾经有如此迷人的画乡,幸好它今天还在。老版老画还有一些,几位传人能刻能画,往昔的记忆犹存未绝,鲜活的遗存都可以复原与重现。这是多么幸运的事。我们能为它做什么?怎么做呢?

2007.1.3

半浦村记

半浦在宁波江北,依江傍海,土沃草肥,人又勤快,是个古老的鱼米之乡,至今依然恬静地躺在这块土地上。由于历时久远,模样苍老了一些,但浙江的村子都很洁净。看上去像一个南方的老婆婆,满脸细细弯曲的皱纹,慈眉善目,一身干干净净的衣衫,鬓发梳得整齐,仪态安然地坐在那里。

村子不算大,一千多人。但外出打工营生的人很少,十之八九还住在村子里,人气儿依然旺足,这在当今的村落不多见了。只是时下天已入冬,田里没农活了,在周边企业里干活的人又都去上班了,村里很静,鲜见人影,只有鸡呀狗呀在街上溜达,雀儿们时不时落到街心找东西吃。

一入村口就看见一溜儿几个牌子,上边写着这个村子的历

史、遗存、族姓、物产、风习，明显带着几分挺自豪的神气。半浦虽然没列入国家级村落保护名录，只是个市级的古村落，但半浦人却把自己看得很重。由于它东达上海，北接慈城，通江接海，舟车往来，历史上的半浦比现在要大，也更重要，够得上一个乡镇。能想到这个小村子里曾经有一个藏书楼，还有过一个规模不小的"半浦小学"吗？现在半浦小学的建筑还在，一幢灰砖黛瓦、素雅又宽敞、带木廊子的两层楼房，带着民国时期的风情，叫人想起改编自柔石《二月》的电影《早春二月》里那座教学楼。但如今历史已成往事，人去楼空，还没派上用场。中国的村庄很少有文字史，百年以上事物只要没有人再去念叨，往往就会失忆。失忆了就没用了——干脆扔了吗？

半浦人没这么做，他们紧紧抓住自己所剩无多的历史遗存。他们知道只有这些残缺不整却实实在在的历史遗存可以见证他们的身份与来历。所以，他们将村中仅存的二十四座有价值的老建筑视作珍宝，比如祠堂、庙宇、府第和几座经典性的江南民居。我跑到这些建筑里看看，有的已经修好，修得很精心，保持着原先的气质；有的还没有修，依然断壁残垣，却不去乱动，连昔日门廊上挂食篮的木钩子，还原原本本吊在那里，历

史留下的每个特殊的细节里不都包含着一个美妙的故事吗？

半浦人对自己村落的保护是小心翼翼的。历时久远的古村大多陈旧落寞，支离破败，半浦人的做法是分期分批地整理，先把精华修缮出来，再着手其他；即使精华也一座座地精修细做，不急不躁。因为他们把自己的村落遗存当作引以为荣的宝贝，不是当作向游人吆喝的景点，所以在这里看不到大拆大建的工地。走在村里，有一种家园般的亲和感，可以看到浙东村落独有的气质与生活。比方南方多雨，村中所有门窗的上方，都伸出一块薄薄的石板做檐，以遮雨水；由于空气的湿度大，被褥潮湿，白天拿到院外，沿墙搭在绳子上晾晒，晒干了，晚上盖在身上就会舒服。走在街上，从这些沿墙的、晒暖的、花花绿绿的被子前走过，会感到一种生活的柔软与温馨。在村口新建的文化礼堂里，我遇到几位中老年人正在自拉自唱，细一听是这里的家乡戏——越剧《情探·盟誓》；两位中年女子一青衣一小生，唱得投入；操琴的老弦师拉得更是起劲。于是，一种古村的情味油然而生。当然，时代新事物也正在渐渐走进村里，比如现代的家庭设施、电子设备、交通工具等等。在刚刚修好的半浦小学的楼前，我见到一名女士，她来自一个民间的

◇半浦村街

公益文化机构，正和村里商议，要利用这座空置的教学楼开办慈孝文化教育。因为宁波慈城是江南驰名的慈孝文化之乡，历史资源很深厚。我问她：会有多少孩子到这个村子里来参加活动？她说五万，这数字相当惊人，怎么会有这么多人？她说，他们面对的将是整个宁波地区的小学生，而且是纯义务的文化教育。他们想让新一代人能够继承中华民族这个优秀的传统，她希望我能在教育理念上和方式上给他们一些建议。

我听了很感动。心想，在半浦村这里看到的不正是我们希望的古村落吗——

敬畏自身的历史与传统，不急不躁，量力而行，先把精华做好抓在手里，再步步为营地做下去。首先是环境洁净，有山有水。不仅有珍贵的遗存，还有鲜活的文化传承，更要有渐渐好起来的生活，有自己的特色与追求。这一切是从哪里来的，不是来自当地老百姓自己的"文化自觉"吗？如果老百姓明白了，自觉了，何愁保护与传承。那么我们的工作应当从哪里开始，做什么和怎么做，不是已经一目了然了吗？

一句话，到村子里去，唤起那里民众的文化自觉。

2005.12.11

水西庄

三百年前,一个仲秋的雨后,天津城如水洗过一般,水白风清,纤尘皆无,再给秋色装点,姿态万千。这日,江苏武进的名士朱岷,乘船北游,过路津门。朱岷本是个见多识广、书画兼长的饱学之士,恃才自负,更由于足迹遍天下,一般风物看不上眼。但此刻不免为天津的景色所打动,情不自禁地脱口吟诗一首:

潞卫交流入海平,丁沽风物久闻名;
京南花月无双地,蓟北繁华第一城。
柳外楼台明雨后,水边鱼蟹逐潮轻;
分明小幅吴江画,我欲移家过此生。

他吩咐船家，先把船儿划到城外南运河旁的水西庄去。

他为何要去水西庄？原来这水西庄是闻名南北的津门胜地。庄主查为仁是经销芦盐而成巨商的查日乾之子。他本人酷爱金石书画、碑帖图籍，收藏甚多，又尚风雅，便修建了这幢园林式的别墅，取名"水西庄"。据说这水西庄占地数十亩，堆土为山，引水为池，其间亭台楼榭，高低错落；更兼花木掩映，河塘反照，山石遮翳，极尽曲折萦回之妙。特别是园中栽植了一种菜，名叫"紫芥"。每逢春夏之秋，紫芥开花放香，遍地姹紫嫣红，清香随风飘溢，情景甚异。传说乾隆皇帝下江南路过此地，见此景致，心中大喜，御题水西庄为"芥园"。从此，水西庄便别号"芥园"，声名益发远扬。许多南来北往、过路津门的文人墨客，都渴慕到庄上一游。庄主查为仁素来殷勤好客，喜好结识天下名流学士，如朱彝尊、姜宸英、杭世骏、厉鹗、王沅等大名鼎鼎的诗人学者，都曾客寓庄上。这情况朱岷早有耳闻，此次来津便急不可待地特意访游水西庄。

在庄上，查为仁盛情款待了他，并陪伴他游览了园中胜景——枕溪廊、绣野簃、揽翠轩、藕香榭……尤其是登高出围

墙的数帆台，可望庄外白水连天、港汊交错、沙鸥起落、帆影有无；远远近近的长堤上的垂柳，依依袅袅地飘着枝条，使朱岷心驰神往，魂迷魄销。当下查为仁邀请朱岷在水西庄留宿些天，这正合朱岷的心思；朱岷欣然应承，便在庄上住下来，日日与庄主及津门名士萃集一处，论文作画，十分惬意。

过些天，降起雨来，一连数日，朱岷每晚都在灯下读书，直至夜深。残雨犹零，与檐铎花铃，互为应答；窗外的梧桐叶上，芭蕉林里，滴沥之声，永夜不绝，使水西庄别具一番诗意。而秋凉雨湿，阵阵入窗，使已然困倦的朱岷顿感精神清爽起来，手不释卷，读到天明。一天，他与查为仁谈到庄上雨夜读书的感受，不想查为仁夜夜也在读书，有此同感，于是查为仁请朱岷画一幅画，记录下庄上雨夜读书的情景。朱岷当即磨墨展纸，挥毫作画。他以唐代画师王维作《辋川图》的横幅章法，铺展了水西庄的全貌。画上树石掩翳，亭台藏露，曲径隐现，尽其匠心，并以片片化开的水墨，将这景物融在苍莽的夜幕与雨境之中，生动异常。朱岷画毕，掷了笔，看了看自己的画，不禁自许道："古人看了《辋川图》，不必再去辋川；今人看了我这幅画，也如同游了水西庄了！"

查为仁及在场的津门名士并不以为他自傲，反受他的画所感，一时叫好不绝。查为仁称这幅画为《秋庄夜雨读书图》。查为仁的弟弟查礼还为这幅画写了一篇古朴无华、颇具才气的短文，名曰《题秋庄夜雨读书图·卷子》为记。

后来，查家渐渐没落，水西庄遂日见破败。据说八十年前，在水西庄尚可见到当年庄园的残迹，不过一些断垣残基而已。如今早已荡然无存。这个津门文坛和风物的佳话却一直被人们口传下来。查礼那篇《题秋庄夜雨读书图·卷子》一文，收编在《津门古文所见录》中，尚能读到。朱岷那幅画却不知失落于何人之手。当时，照相术尚未发明，也没照片流传下来，水西庄便无从一见。二百多年来，始终为此地的怀古者抱憾不已。

所幸的是，1963年天津市艺术博物馆征集地方书画作品时，意外收集到朱岷这幅图画。只要一看这幅画，当年的水西庄便宛如在眼前，果然名不虚传。此画当下已成这座博物馆收藏的一件珍品。这使得没有福气游览水西庄胜地的今人，可以在画中神游一番，也不失为一种补偿吧！

1981.12

保定二古村探访记

马年阳春，编写好《中国传统村落立档调查田野手册》，赶在付印之前奔赴保定一带，打算走进两三个古村，在村落的活体中，体验一下《手册》是否得用，还有什么欠缺。这些年做田野工作时懂得了任何自以为高明的学问与丰富的经验，在千姿万态的现实中总会露出贫乏，必须到生活里检验自己工作的实效性。

保定这片燕赵的腹地，每个古村都是一本厚重的书。但过去这些书大都是"无字书"，也很少有人去阅读它。这次要寻访的两个村子，一是清苑县的大汲店村，一是位于易县西陵的"守陵人的村子"——忠义村。没料到这一访，真是大有所获呢。

大汲店村

　　大汲店在保定西南。未进村子，未见房舍，只是一片曲折又自然的水湾、河汊、闲舟、堤坡上横斜的垂柳，已感受到一种田园般的深幽。据说这条名为白草沟的河道远自商周就一直串通四方，一度可北抵天津。古时河道交通和运输的意义，堪比今天的高速公路。它带给大汲店人一段值得骄傲的悠久又繁华的历史。后来，由于各种变迁，河运已经不通，但村中一些老街犹存。本村一个善画的村民，曾用类似《清明上河图》手卷的形式，凭着村民的集体记忆，细致地描绘出昔日各种舟车往来，贸易兴旺，各色商铺沿街并立的景象。当时还对传说中的一家名为"北铺"的店铺做何营计各说不一。后来一位老人出来破解，他说当地口音"北"与"笔"同音，这个"北铺"其实是一家笔铺。一个村子里居然有专门卖笔的店面，可知其文化底蕴非同小可。

　　大汲店曾经寺庙很多。在古代，寺庙是人们安慰自我心灵、追求生活圆满与安稳的精神场所。村民喜欢吹拉弹唱，亦文亦武，民俗也很丰富。从如今依然矗立村中的高大的砖木戏台，

◇有着百年以上历史的大汲店村戏台，曾是村落的文化中心

可见昔日文化生活有声有色之一斑。我发现这座戏台和一座小小的观音堂都被细心地整修得很好。

村里的老书记在自己的岗位上已经干了三十多年。他兴致勃勃地带领我去看村中一处处历史遗址、老树、历代古碑，这些珍贵的遗存被他们当作本村的"传家宝"保护着、爱惜着。还有一些年轻人正在自发整理大汲店村的历史文化。记得前几年一位日本学者对我说，他们一些从村里去到城市读书上学的年轻人，假期回家，会主动帮助自己的故乡整理村史和文化遗产，并设法印成图书或文字资料。我听了很羡慕。然而，如今我们的年轻人也这么做了。他们送给我一本打印的《大汲店村俗志》，里边包括本村的姓氏、习俗、节日、民艺、民风、服饰和大量的民间文学，都是从民间搜集和调查到的。厚厚的一册拿在手中，心中深受感动。我们的年轻人已经真拿自己的文化当回事了。

老百姓的文化自觉才是最重要的、最根本的。

更使我眼前一亮的是一座简朴的小院落——村民中心，两间小小的展室展示着本村的历史与文化，一间干干净净的农家书屋藏书近万册；还有一个宽敞的房间四壁悬挂着花花绿绿的

书画，这是喜好翰墨丹青的村民抒发情致的地方。看来这个古村的文脉没有断绝。它的根是活着的。对于所有生命来说，根都比花朵更重要。

我在小展室里看到一幅刻剪纸，刀法清劲又精到，一打听才知是本村农民的作品。约来一见，一个四十多岁的"大棚菜农"，名叫刘志近。他的剪纸技艺来自奶奶的传授。奶奶高龄，活到一百零二岁时辞世；她生前擅长剪纸，每逢节庆便剪许多，分送亲朋和邻居去美化居舍，从不卖钱。刘志近从小受奶奶影响，痴迷于剪纸，多次自费去蔚县学习。农忙干活，农闲剪纸，剪了送人，也不卖钱。依然是乡村艺人的老传统，自娱自乐，或与人共享，这便是民间文化的原生态。

站在大汲店村的街心四下看看，这个经历了各种变迁的古村，物质遗存确实不多了，古老的面貌已不完整；但骨架犹存，环境依旧，尤其村落的精神传统仍在，元气犹然，人们热爱自己的家园及生活方式，愿意在这里和谐相处，生活得平静而踏实。他们骄傲地对我说，村中从未发生过丑恶的事情。他们为自己的家园自豪。

我们过去总把那种看上去古色古香、可观赏、可供旅游的

村落视为传统村落（古村落），但保护传统村落，不是为了旅游者，而是为了世世代代住在那里的人，为了那里一种根性的文明的传承。单从物质遗存的层面上看，大汲店村可能够不上国家的传统村落的标准，但这一类的美好和文明的传统村落如何传承下去——这个问题已经进入我的思考。

忠义村

一个清代守护皇陵人的村落，随着清西陵于2000年列入世界文化遗产引来的旅游热，渐被人知。

早在乾隆初年，选址在永宁山下这片丰饶的风水宝地建造皇帝陵寝时，就由北京内务府派来一批官差人操办这一旷日持久的巨大工程。官差人都要携眷在这里定居，这个忠义村的前身便是当年办事营房，当时称作"泰妃园寝内务府"。这样，它的构造与其他村落都天生地不相同了。

村子周围是一道城墙式的围墙，砌墙的青砖都是乾隆年的老砖，不少砖上有砖窑的戳记。由于最早来到这里的官差人多为满族正黄、镶黄、正白"上三旗"，村内的街道象征性地规划

为"上"字形。更有意味的是围墙只有两个出入大门，一朝南，一朝东。东门是正门，面向东边的皇陵。最早的房屋被称为"大东房"。北京的四合院坐北朝南，这里的"大东房"则一律坐西朝东，表示对安寝在皇陵中的帝王们的朝拜之意。这样的建筑天下唯一。

忠义村的历史丰富又独特。有的在史书中可以查到，有的保存在民间的口头中。乾隆年间，这里发生了一桩贪腐案件。由于官商勾结，侵吞银两，偷工减料，致使工期拖延，构造粗陋。大学士刘墉奉旨亲自到这里办案。此案牵涉高官巨贾近百人。刘墉办案雷厉风行，革职、发配、处斩，严惩不贷；事后打制三道铜铡置于东班房，分别为龙头铡、虎头铡、狗头铡。龙头铡铡龙子龙孙，虎头铡铡文武大臣，狗头铡铡恶豪劣绅，以此警示世人。现在忠义村中还传为美谈。

最早住进忠义村的总共二十户人家，经过二百多年的繁衍，如今已一百一十户，四百余人。最初人们的主要职能是守陵，亦兼种地，自给自足。然而，经过清代王朝的衰败与灭亡，忠义村守陵的职能早已不复存在，村落文化出现中断；忠义村最早是个满族村，随着满汉通婚与民族认同，忠义村原有的文化

个性随之消解。人们看不到自己特有的历史文化的价值。它渐渐成为一个隐没在山野间寂寞的小村了。

使忠义村出现重大转折的是本世纪初清西陵成为世界文化遗产。一下子，这个村子特有的与清西陵密切相关的历史和满族文化都成为旅游的亮点，给该村带来致富的机遇。很快，2002年忠义村就进入以旅游效益为目标的全面开发热潮。人们原先熟视无睹的民族民俗生活方式——民俗、民艺、烹饪——全成为旅游开发的资源。人们惊奇地发现自己说话的口音居然还是二百多年前的祖先从京城带来的北京腔。

然而，对于历史遗存在没有科学认识之前就急匆匆地开发，是致命的自我破坏。许许多多的"原生态"被扫出村子，代之以清一色的仿古新建筑。最具个性的建筑——坐西朝东的"大东房"改做了坐北朝南的新屋新房，东南村口两对带乳钉的沉重的老门及其高门槛被视作妨碍旅游的不合用的旧物而拆掉，换成了仿古的红漆宫门。如今村中一间历史民居也见不到了，刘墉办案的那座老宅子也无迹可寻——那三道铜铡早在"文革"时就不见了；在街上唯一能见到的"历史见证"，只有孤零零一个石质的井口和一个石碾，显然是陈列给旅客看的。至于已经

列入国家非物质文化遗产的民间舞蹈《摆字龙灯》，已成了单纯的旅游表演。由于缺乏支持，生存陷入困境。

为经济"搭台"的文化常常受制于经济，同时失去自身的价值与意义，最终会找不到自己。这个村的村支书反复说出他一句带着苦味的反思："发展太快了不一定全是好事。"

当今这样的被粗鄙化的旅游开发改造得面目已非的村落很多，它们是否还应该进入国家保护之列？列入之后怎么保护与发展？每一村落都是一个个案，这恐怕是我们今后工作的最难的难点。

现在，首先要做的是在《手册》中，要求调查者把村落的现状调查清楚，准确地表述出来，也就是把问题提出来。只有提出问题，才好去想解决的良策。

2014.5.19

太行山的老村子

那年在开封办完事,决定去到山西的长治、平顺一带考察古村落;由开封到晋中有几条路可行,我决定取道豫北的新乡,穿越太行山,顺路看看山里边的老村子。早就听摄影家和画家告诉我,山中有许多古村其美如画。

然而,当我们驱车在那些重重叠叠的雄山险谷中蜿蜒穿行时,一路上所看到的山村给我的震撼却不是美,而是一种死寂般的苍凉。这些大大小小的山村或隐身于林木茂盛的山坳,或依傍于溪谷,或伫立在一块巨大的石崖上,看上去像宋人绘画里的景象,可是现在全已经空空如也,杳无人烟,有如鸟雀飞去后扔下的空巢,黑乎乎、轻飘飘地挂在树顶上,狂风一来,即可散落。我在一两个空村前停车,下去看看。屋里屋外扔着

石碾、铡刀、锄头、瓦缸、破木凳木桌……晾衣绳还拴在树上，老门闩扔在地上，陶瓶土罐堆在窗台上，碎石头堆砌的小神龛立在绝壁前，甚至还有一尊石刻的土地爷发呆似的坐在里边。无疑，这里的人们离开了他们祖祖辈辈、靠山吃饭、艰辛生存的地方，欢欢喜喜寻找新生活去了。那么这些"空巢"呢？没人顾得上。据说只是在夏秋之交，会有零星的摄影家开着吉普车，带点吃的用的上来，在这空无一人的山村里找间屋子住几天，晚上睡觉，白天去拍照，待过足了拍摄瘾，扔下村子开车走了。这次太行之行，令我百感交集：既有为山里人跑出去奔往新生活的欣然，也有一种被遗弃、冷落的历史带来的伤感。

此次来到邢台的沙河开全国传统村落立档调查工作会议，听说这里也是太行山区，老村子也不少，有一些保存得相当不错，当地的人居然有心气儿想把自己的村子保护起来。这便勾起我数年前太行山之行的那些感触，寻得时间，一连看了好几个村子。

没想到沙河这里的老村子竟如此特别！它与我上次在山西那边看到的山村虽然同属太行，都是依山就势、就地取材，都是石板路石头房子，但沙河这边的民居这股子燕赵之地特有的

豪迈和刚健,在三晋那边是看不到的。所有民居的墙体都是由从山岩凿下的发红而粗砺的石块砌成的,石头的体积大似斗;所有的屋顶都是由从叠层的山岩取下的巨大而光滑的石板铺成的,石板的面积宽如床。更看不到的是这里独自的历史给村庄方方面面带来的奇异的"特色"。

比方王硇村。传说它的创建者是一个王姓的四川人,五品武官,押运一批皇纲进京,途经这片几省交界、匪盗纵横之地,遭了劫,自家性命难保,便隐居山里生存繁衍,渐渐成了一个村子。为此,这个村子在建造上有很强的防御性。不仅每个道口都有一座可以瞭望的碉楼,家家户户还有暗道和地道相连。我爬到一处较高的民居屋顶上一看,层层叠叠,俨然一座坚固无比的石头山寨。而它最具神秘色彩的是每个院落的东南角都向内退进去一块地方,当地人称"有钱难买东南缺",据说由于他们的祖先在四川,东南方向正对着自己的家乡,他们以此表示怀祖与乡愁,彰显着本村一个独有的传统:对根的依恋,至今依然。一个村子有这样的传统,人情事态自然独异于他乡。

与村人聊聊而得知,近十多年中,沙河这些老村子里的年

轻人也多外出打工，村民老龄化严重。但最近两三年悄悄有了变化，人们开始重视自己村子的历史及其遗产；那些在老人记忆中原以为是"陈谷子烂芝麻"的老事，都成了可以获得许多"新发现"的有价值的矿藏。从抗日战争到解放战争，这里一直是"革命老区"。由于这些村庄身处山地，隐蔽性强，加上自身构造的防御性，许多大人物如朱德、邓小平、刘伯承等都住过这里。这两年，人们把这些经历非凡的老院子老房子——县政府、独立营、交通站、抗日小学都收拾出来；人们还从自己家里翻腾出当年邓小平和刘伯承署名的立功牌匾，以及战时出入这些村子的路条，纷纷拿到一间小小的具有博物馆雏形的展室陈列出来；除去这些珍贵的"红色物件"，还有老农具和老家什。虽然这里还没有开展旅游，但到假日和周末陆续已有游客慕名而来；在一两个院落里，已经有农家妇女做纺线织布的演示。传统生活的一幕被他们活生生地保持下来了。他们哪来的这样的意识？别以为今天的农民还是封闭的。他们天天看电视，还出去旅游，手机上网，对天下的事知道得愈来愈多；王硇村的老村长王现增说村里曾经组织几十个青年人到皖南的宏村、西递开阔眼界，学习经验。你与他们聊天时会发现，他们都知

道"古村落"这个词儿了。你说他们村是古村落，他们就会高兴。

我问他们将来是不是也想搞旅游。他们都说"想"。他们已经懂得自己独特的历史与民俗是一种"天赐"的旅游资源；旅游对文化的正面效应是使当地的人们认识到历史文化的价值是什么，在哪里，从而有利于文化的保护与传承。他们向我征询开展旅游时要注意什么。我给他们的建议很简单。一要干净卫生；二要全是真的，千万别造假；三是不要做大做强，别透支。村子还得是人们安居乐业的地方，是家园，不是景点。不能一切围着旅游转。一旦开展旅游，这个尺度可得"拿捏"好。

我对沙河这些村子还是很放心的。因为他们很爱自己的村子，有的村子已经编写和出版了自己的村史。十年前全国也没有多少村子有村史呀。但今天的沙河人已经开始整理自己的历史和文化财富。在大坪村，村民们引着我去看他们的一座石头房子，这房子是借着一块巨大的岩石势头垒起来的，石屋与山岩浑然一体，坚实无比，显示着他们先人的智慧。我拉着他们在这石屋前合影时，扭脸看着他们咧着嘴得意又自豪的笑。心想这笑里边不已有了一种"文化的自觉"了吗？老百姓的文化

自觉才是村落保护最可靠和最根本的保证啊。

如果这种村民的自觉来得再早一些多好啊。上次在太行山里看到的那些村子就不会全成了空巢，可是现在的"自觉"也不能说晚，我们还有不少优美和淳厚的古村正期待着他们主人的这种自觉呢。

2015.6.19

黄海边古渔村探访记

中国古村落的最大特征是多样性。中国农耕历史太过久远,各地的山水、民族、历史、物产、习俗、建筑、形态彼此不同,故而村落各具特色,个性鲜明。中华文化的灿烂正是由这种"文化的多样性"体现出来的。比如青岛,依山面海,人们世世代代和风浪与鱼虾打交道,自然风情独具。这次去青岛讲学,便一定要找时间去看看——尤其是雄崖所和青山村,当年它们被评为首批"国家传统村落",我还参与过呢。当然,我更关心的是现在保护得如何,有没有难处?

甭说各地村落迥异,单是青岛这两个村子,就如同两个人,从面孔到性情也全然两样。

雄崖所虽是渔村,但看上去如同放在海边滩地上的一块巨

大的方砖，它曾经并非渔村，而是明代抗倭戍边之所，周围筑有高墙，四边各设一门，更像一座小小的城池。后来，由于海边的防务形势变了，军事的意义渐渐消失，军户的后裔们便以捕鱼为生，雄崖所渐渐演化为一个渔村。五六百年过去，虽然城墙不在，仅存两个孤零零的城门；但它整体的体态犹存，气息肃然；城中宜于行兵走马的宽阔的十字大街，排列有序的里巷，兵营式样式划一的建筑，依然故我。由于临海风大，这里所有房子都是结结实实的平房，矮墩墩的，小门小窗，垒墙造屋所使用的多是就地取材、体量很大的石块。最令我感到新奇的是，朝海的北门外有半堵残存的照壁，也是用很粗砺坚硬的石块垒砌成的，没有任何修饰，又高又厚，面海而立。把如此高大坚实的照壁立在城门之外，是要为城门遮挡潮湿的海风，还是为了在城门外再设一道御敌的屏障——像瓮城那样？

我在城中的街边看到一块黑乎乎三阶上马石。这块上马石显然不是寻常百姓家的，更不是渔民的。它形制古朴，应是明代屯兵之地的遗物。这些零落和有限的物质遗存与它整体的气质联系在一起，还是叫我们见识到了古代黄海边城的历史形态。如今这样的边城在黄海边已是"孤本"了，所以我们把它选入

◇在青岛雄崖所

了国家传统村落名录。

另一个列入首批国家传统村落名录的是青山村。这是黄海边一座典型的渔村，坐落在崂山入海的山坡上。背倚青山，面对碧海，依山就势盖屋，高低错落成村。有的房子干脆就立在土红色的礁石上。初建青山村的先人选址的眼光十分高明。整个村落如同舒舒服服坐在一张大椅子上。三面环山，"靠山吃山"；一面朝海，"靠海吃海"。既捕捞，亦种植。一年四季既有海鲜可餐，也有新鲜的蔬果可吃，故而这个村子人烟稠密，到处晒着渔网，至今犹然；因而它的历史记忆多，人文遗存多，风俗也多。我向路上的老人打听这个村子的来历，老人立刻笑眯眯讲起乾隆、刘墉与这个村相关的一个传说。在一位九十三岁林姓老人家里看到堂屋迎面墙壁的正中，高悬一个卷起来的画轴，多边裹着透明的塑料布。老人说，这是他家的祖宗画像（豫北人称为祖宗轴）。每到春节打开挂好，焚香敬祖，节后卷起来恭恭敬敬地高悬墙上。这里边既含有本村一个悠远的风俗，也有本村的记忆。

在村里边处处可见它特有的习俗。比如门楣上的"福"字，不是贴一个，而是贴一双；再比如谁家娶来新娘，要在迎亲的

路上所有拐角处的墙壁上都贴个"囍"字，井盖上还要糊上红纸，树干也要用红纸卷上，以驱邪迎祥，让人鲜活地感受到此地人们对美好生活的热望和民间的活力。虽然二十世纪八十年代这里的民居多做翻新，将石屋换成水泥房，但民风民情的生命力依然旺盛，古村的魂儿活灵活现。这些精神性的村落文化正是我们保护的重点。

近年来，雄崖所和青山村被评为国家传统村落，直接带来的变化是游人愈来愈多，渐渐使旅游服务业成为村落的支柱性产业。然而，令人高兴的是这两个村子没有为了把旅游"做大做强"，到处"插彩旗、挂红灯、贴广告"；没有做任何商业包装。其实，对于旅游来说，真正有持续魅力的正是它的原生态，就像青岛市区的八大关。

应该说，这种可喜的现状，来自当地政府的努力。在与这里最基层的村落干部的交谈中，我发现如今他们已经有了很清醒的文化自觉，这和十年前大不一样。比如，过去历史上我们的村落大多没有村史和村志。现在，雄崖所和青山村都已经为自己的村落建立了相当完整的村志。通过建志，他们对自己村落的历史文化家底已经一清二楚了。

在与他们的交往中,还发现他们都在为自己的村落的保护心存焦虑。比如青山村的村长最关心的是村落房屋过于拥挤,加上高低参差,排水系统难以建立。生活设施的现代化是保护古村的关键之一。再比如,雄崖所收到两笔来自不同政府系统资助的"资金"。其中,来自"传统村落保护"的资金,要求他们严格维护建筑立面的"原真性",而来自"美丽乡村"的资金,要求他们粉刷一新:他们何去何从?

然而这还都是眼下比较具体的问题,村干部们更焦虑的是,村里的人们并不真正知道自己村落的历史文化价值。比如老人们——世居于此,故土难离,但他们并没有"文化自觉"。什么是文化?自己的村子又破又老,住得不舒服,能有什么价值,他们弄不明白。他们所受教育有限,你讲的话他们不明白,也解决不了他们的现实问题,如何使他们建立起这种"文化自觉和文化自信"?看来,如何对村民进行文化宣传和教育应是传统村落保护的重要内容了,特别是要把这种工作做在年轻一代村民身上。在欧美和日本,一些到城市去上学的大学生有了文化眼光,会在假期回去帮助家乡整理珍贵的村落遗存,发扬家乡文化。日本人的"一村一品"就是这么搞起来的。近几年,这

样的情形在我国也开始出现，我曾在浙江、山西、河北、贵州等地看到一些年轻人，主动为自己家乡做历史文化的挖掘与整理，甚至建起本村小小的博物馆。虽然这还属于一些个案，但毕竟是个好苗头，令人兴奋。传统村落的保护不能只在政府和专家手里，不能只是村干部明白，更重要的是让村民们自己来保护、弘扬、发展。促使老百姓爱护自己的文化，才是我们工作的根本。如果村民不当回事，搬到城镇去了，村子空了，谁也没办法。但是这个工作最难，谁去做呢？从哪里着手做呢？

从黄海边的古渔村，我带回来更多的，是和当地干部一样的忧虑。

2015.11.7

涂了漆的苗寨

十二月里在南宁的文化遗产抢救论坛讲了一句话:"许多遗产在我们尚未抢救时就已经消失了。"我所表达的是近些年常常碰到的一种令人焦急的状况与感受。会后一个当地的记者追着要我对上边的话具体说明。我说:"还要我举例吗?你下去跑一跑就知道了。"

从他的脸上看,显然还不明白我这话的意思。但紧接着的事情,就可以拿来回答他。

从南宁出来,一路北上,去到桂北的山里考察少数民族的村寨。如今经济发达地区,比如江浙的沿海地区,再比如山东,古村落已寥若晨星。我知道,只有在这片黔桂湘三省交界的大山的皱褶里,还会隐伏着一些古老的山寨。然而这些古寨的

现状如何？还有多少完好的历史杰作？我特意邀请当地的几位文化学者做向导，他们知道我想看什么。

然而，亲眼目睹的情况却让我如挨了当头一棒。

依计划先到融水苗族自治县去看山上的一座有名的苗寨。据说这山寨的历史至少在五百年以上。从一位做向导的当地学者的描述听得出，这座苗寨外貌优美，内涵深厚，宛如宝寨。然而驱车攀山三四个小时之后，停车钻出来抬头一看，令所有人——包括做向导的学者，大惊失色。遍布山野一片刺目的艳丽五彩。原来这古寨竟刷了油漆。木楼的墙板涂成雪白，再勾上湖蓝色的花边，吊脚楼长长短短的木柱一律刷上翠绿色，看上去像堆在天地之间一大堆粗鄙的、恶俗的、荒唐可笑的大礼盒。当地的一位学者不禁说："怎么会成这样？前几个月来还好好的呢！"

后来才知道这里要建设新农村，一些人认为这样做是为了表现"新"——焕然一新。这叫我想起二十年前写过的一篇小说《意大利小提琴》。一个落魄的艺术家在旧物店里发现一把意大利小提琴，如获至宝，但手里的钱不够，他回去四方借款，待把钱凑齐再去买琴时，出现了同样荒唐的一幕——店主为了

◇古老的苗寨被"美化"得不伦不类

使这把老琴更招人喜爱，用白漆把琴亮光光重油一遍，好像医院用的便壶。

能说店主不是出于好意吗？但无知也会"犯罪"。一座古寨就这样被报废了。

接下来我去访问龙堆山顶上另一座历史悠久的侗寨时，所见景象更加糟糕。为了开发旅游，吸引人们去看著名的龙脊梯田，这座山寨快成旅店区了。改建的改建，涂漆的涂漆，然后再用彩漆在墙板写上各种店名。与我同来的本地学者哑口无言了。是呵，刚才被他描述得神乎其神的那座侗寨呢？

看吧，这些古寨和古村落，不就是在我们还没看到时就消失了吗？我很想打电话叫南宁那个记者来亲眼看一看。可惜我没有他的名片。

珍贵的文化遗产就是这样被毁掉的。一半是片面地为了GDP，为了政绩，为了换取眼前一些小利；一半出于无知。

文化遗产就是以这样的速度消失了的。几个月前还在，几个月后就完了，永远消失不见。

我想起两个月前到浙南考察廊桥时，在陈万里先生居住过的龙泉市的大窑见到一座古庙。这座庙立在村头的高坡上，老

树簇拥，下临深涧，很是优美。此刻，当地为了开发旅游，正忙着翻旧为新，换砖换瓦，油漆粉刷。待爬上去一看，这座庙竟是一座明代遗存。不仅建筑是明代的，连木柱上原先的油漆所采用的"披麻带灰"也原汁原味是明代的。我还发现大殿两侧木板墙上画着"四值功曹"，风格当属清代中期。所用颜色朱砂、石绿都是矿物色，历久弥新，沉静古雅。然而眼下民工们正在用白色的油漆往上刷呢！四位天神已被盖上一位，还用彩漆依照原样"照猫画虎"重新画上，花花绿绿，丑陋不堪。我忙找来村里的负责人，对他说："你知道你干的是什么事吗？那可是你们村里的宝贝。快快停下来。千万别这么干了！"

遗产的抢救不仍是第一位的吗？但抢救不是呼吁，而是行动。要到田野，到山间，到广大民间去发现和认定遗产，还要和当地人讨论怎样保护好这些遗产，而不是舒舒服服地坐在屋里高谈阔论、坐而论道。

此次在桂北三江的澄阳八寨，徜徉于那种精美的鼓楼和风雨桥之时，真为侗族人民的创造而折服。经人介绍，与当地的一位侗寨的保护者结识。据说这八座侗寨就是他保护下来的，遂对他表示敬意。谈话中，他说，当初有关领导部门也曾来人，

要他们把这些美丽的风雨桥全漆成大红色，要和天安门一样。被他们坚决拒绝。如果没有那次拒绝，就没有今天迷人的澄阳八寨了。后来才知道，此人是一位侗族学者，现在就住在澄阳八寨，天天守在这里，为保护和弘扬侗族文化而致力工作。

一种遗产如果有一位钟爱它的学者，这遗产就有了安全保证。但我们中华民族的遗产实在博大而缤纷，多数遗产的所在地实际上是没有学者的，没有明白人的。如果没有文化上的见识，这些遗产必然置身在危机之中，毁灭时时可能发生。

抢救是必须在田野第一线的。第一线需要学者，而且需要学者中的志愿者。问君愿意在中华大地上千千万万濒危的遗产中认领一样悉心呵护吗？

2008年元月

晋地三忧

俗话常说,地下文物看陕西,地上文物看山西。在山西一转,果然没有虚传。倘在北京,指某一老屋,说是建自大明,必然令人愕然,并视作珍宝;但在山西,那些随处可见的古寺古塔,一问便是唐宋!

也许真的是好东西太多,不当作宝。近几年,山西的文物充斥全国的古物市场,文物离开了它的"出生地",便失去了一半的意义。这真叫人忧虑。那么留在山西的文物的境况如何?跑到山西看看,忧心更重。尤使我所忧的乃是如下三处:

一、资寿寺的壁画脱落在即

资寿寺坐落在晋中灵石县。之前寺中十八个明塑罗汉头被盗而流落海外,后经台湾陈永泰先生重金买下,送归故里,重敷金身,资寿寺因之名噪天下。如今这些罗汉们可谓"大难不死,必有后福",寺中的守卫不再是那两个因耳聋而听不到锯佛头声音的老人,而是换上了几个耳聪目明、精力十足的年轻人。罗汉堂的屋角还安装了红外线报警器,有了"特护",足以使人心安。

可是大雄宝殿和药师殿的几面巨幅的壁画却处境不妙,前景堪忧。

依我看,资寿寺的壁画有极高的艺术水准。在我国现存的明代壁画中应属上品。在风格上,一边明显地带着唐代接受外来影响的痕迹,一边具有强烈的本土化的中原风格。大雄宝殿西壁的壁画为工笔重彩画法,富丽华贵,严谨庄重。左下角的护法神为关公。这种将民间崇拜的关公融入佛天之中的画面,极为罕见。大概与关公是山西解州人而倍受晋人尊崇有关。壁画的线描精准而流畅,线条有粗细的变化,应比芮城永乐宫的

壁画更具表现力。大殿东壁壁画在风格上就不同了，它明显地出自另一位画工之手。这位画工还画了药师殿的壁画。他技艺超群，用笔十分精熟老到，行笔的速度很快，奔放之中极有神韵，几十平方米的壁画好似一气呵成，却毫无轻率之感。而且设色很淡，线条很突出，全幅画几乎是用线条结构而成的。其驾驭线条的能力可想而知。即令是明代画坛上那些大家，有几位能有这位民间画工如此扛鼎的笔力？

然而，这些极其宝贵的壁画已经开始起甲和酥碱。大雄宝殿东西两壁壁画的酥碱处，显然已经无可救药。起甲之处，随处可见。用手指一碰，便可剥落下来。在靠墙的香案上可以看到许多剥落下来的粉末与带着色彩的碎碴。药师殿壁画受潮情况更重一些。墙壁上可见一大片依然含水的湿迹。西壁的一角已然大片大片地膨起，完全离开墙体，倘若受到震动，或者再经过几次夏胀冬缩，必然会脱落下来。

尤为叫人心忧的是，寺中对这些壁画的病害没有任何治理措施，任凭生老病死和自然消损。我对寺中人员说，可以向敦煌研究院去求援，他们有治理壁画病害的比较先进的办法与技术。寺中人员面带困惑，显然，他们是无力解决的，那么谁来

挽救这病入膏肓的国宝级的壁画？非要等着哪一天壁画也被盗，成为一个事件，再来应对地加以保护吗？

二、应县木塔不能再上人了！

看过应县木塔，我心里最想说的话，就是这一句：木塔绝对不能再上人了！

早就从媒体上获知，这座辽代木制的宝塔一如比萨塔，已经倾斜，因受世人之担忧。但到了应县木塔上一看，比料想的境况糟得多。

虽然木塔倾斜已久，但近几年变得明显加快。几年来，倾斜度加大了六十多度。现在，五层木塔（不算暗层）对外开放到第三层。就这三层来看，笔直而立的木柱已经不多。有的斜得吓人。梁柱与斗拱之间插接的木榫有的已经完全脱开。此塔是层层叠加，没有穿层的大柱。故而，整座塔的倾斜分成三截，中层向右，上层向左。这就给治理造成极大的困难。故而，治理方案一直没有确定下来。有的主张落架重建，有的主张用吊悬的方式分段调整与加固。现在所做的只是专家们对其险情随

时进行监测而已。

在方案没确定之前怎么办？也就是在尚无治疗方案之前，怎样对待这位病体垂危的"老人"？

现在每天上塔的游客，少至一百，多至数百，旅游季节游客如云。虽然管理部门限制每次同时上塔者不能超过三十人，但依我观察毫不严格。塔大人杂，对进塔和出塔很难有效地控制。但每一位游客都会给病塔增加一百多斤的负荷。人们来回走动，还会产生震动，对病塔造成进一步伤害。我发现有的楼板踩上去已经有些颤动。可是有的游人在上面故意颠动双腿，试试楼板是否结实。因此游人上去，只能增加人为破坏的可能。木塔的每一层，至多只有一个看守者。如此力度如何能捍卫这座巨大而罕见的千年宝塔？更不用说，每一层还都有极为精美的辽塑！万一坍塌，损失无可估量！

但可能出现的事就摆在我们面前——反正这塔，无论如何也不能再上人了！

但是，一旦谢绝参观，一笔不算少的门票收入从何而来？门票一张三十元，一天至少几千元，谁来解决？

三、悬空寺的古佛伸手可摸

在悬空寺那些搭在绝壁上的木栈道上，小心翼翼地上上下下时，一边钦佩古人的奇思妙想，一边对古人心怀愧疚——我们这些不肖子孙把你们天才的创造糟蹋成了何种模样！

这座始建于北魏的奇寺，由于身挂悬壁，各个殿堂都十分狭小。里边供奉的神佛就在眼前。悬空寺是一座佛道相融而并存的寺庙，神佛形象十分丰富，而且唐宋以来几代的塑像都有，并多为泥塑，甚是珍贵。有的虽经后代彩绘，其筋骨与神韵仍不失原貌。可是寺中对这些神佛基本上没有保护，游人进入只有两米进深的殿堂后，塑像就在眼前，伸手便可触摸。游人出于好奇，动手摸头摸脸，寺中又根本无人看管，故而许多塑像的脸颊、鼻尖、额头、嘴唇，全摸得乌黑。还有的游客对神佛的琉璃眼珠有兴趣，一些塑像的眼眶都被抠破。一座号称"全国重点文物保护单位"的古寺，哪里还有尊严可言？简直是游客登梯爬高，"玩玩心跳"的娱乐场！

更可悲的是，悬空寺的另一边，竟然新修了一条水泥栈道，依靠扶摇而上，中间还要穿过一张俗不可耐的巨大的黄色龙嘴，

◇悬空寺的唐代泥塑,无人保护,眼眶已被游人用手指抠破,状似流泪

其终点居然是一个也架在崖壁上的红色仿古楼殿。原来这是个新建的旅游景点，而且绝对高度还高居在悬空寺之上。这样一比，悬空寺便黯然失色，哪还称得上什么"中华一绝"，我们古人的智能不是太"小儿科"了吗？

世界上哪里还会这样糟蹋自己的文化？

当然，这不是文物部门干的，而是一些非文化的单位修造的用来赚钱的旅游景点。

把高贵的历史文化降低为世俗玩物，是"旅游性破坏"的一种本质。

那么，这种事应该谁管？还是根本无人来管？

写到此处，由忧转愤，担心愤极失言，赶紧停笔住口。住口之前，还要说一句，赶快救救这些国宝吧！这样的国宝已经不多了！

2001.11

白洋淀之忧

白洋淀，这片被孙犁先生以清亮透彻的文字描述过的燕赵水国，一直令我心迷神往。可是阴错阳差，直至今天才去；什么机缘——是因为它可能成为未来雄安新区中风情独具的"明星"吗？

但是，到了今天的白洋淀，坦率地说，几乎一下子我心中那个"白洋淀"就被击碎了。站在游客蜂拥的码头上，面对着被芦苇围拢的大片水域，我看到的是大量橘红色的、电动机发动的快艇，飞快地往来奔驰。每条快艇都掀起很高的水浪，并在这层层浪波中颠簸不已。为了安全，每位游客必须穿上橘红色惹目的救生衣。看上去像正在举行一场水上的飙艇比赛。当你被游艇载入芦苇荡中的时候，完全感受不到那种歆慕已久的

世外的神奇与神秘，听不到孙犁先生所写的"鸟叫与歌声"，只有一艘艘汽艇从身边掠过，马达的轰鸣声不绝于耳，想说话都得喊。

如果你被带到淀里的水村中，最多只是看到一些站在道边卖水产品的当地村民，在农家乐吃点鱼虾。近来，随着白洋淀旅游升温，刺激起这一带农村的开发热。乡村旅游原本是好事，但事起仓促，加上当地一些主事人急于求成和缺乏文化眼光，在翻新和新建的房屋上出了问题。虽说白洋淀曾有"北国江南"的说法，但村舍的形制自具特色，与江南截然不同。南方多雨，屋顶是坡顶；这里的村舍则不同，屋顶是晒粮食的地方，而且历史上淀里每逢水大洪泛，村民就得把屋里的东西搬到屋顶上。这种平顶的四周有一圈女儿墙，墙边有一些排水用的式样好看的陶制"滴水"。房屋彼此挨得很近，有些屋顶几乎相连，相距远一些的一步也能跨过去。因而屋顶往往是邻家相互间走来走去"串门"的地方。这样的民居唯白洋淀独有，开发时却一锅端了，竟然真造起一个"江南"了！有徽派的、江南水乡式的，甚至苏州园林式的，全都原封不动搬过来。在淀里驰艇，掠到眼帘的到处都是灰砖青瓦的斜顶新房，宛如到了江浙。更可笑

的是，村外还修上了一道道蜿蜒曲折的苏州园林式的粉墙。墙上装饰着各种圆形、菱形、扇形等的花窗。有几幢房屋更怪，样子非中非西。细一问，原是一个在日本留学的建筑师干的。据说他喜欢日式建筑，就说服当地领导建了这么一些日式房子。这个抗战时期雁翎队出没的神奇地方，居然竖立起日式建筑，不是叫人啼笑皆非吗？为什么我们的建筑总是不考虑历史的环境和环境的历史，不懂得也不研究地域的人文？凭着无知而胡作非为？

这就是白洋淀吗？

能够叫我们辨识白洋淀的只有芦苇了。可是芦苇也有危机。芦苇曾经是天赐白洋淀人的财宝。白洋淀人用它织席编帘，用它铺盖屋顶，当柴使唤，烧火煮饭。但是现在却很少有人再用它编席，用它造屋；拿它烧火会污染大气。失去了功能与应用价值的芦苇已经几年不割，不割就会萎缩，秆茎的弱化是白洋淀芦苇面临的时代性的威胁。更何况我已经注意到浸进水中的苇茎周围漂浮着游艇带来的亮闪闪、冒着蓝光的油花。

唯一让我感到安慰的是东淀头村在村落开发重建中，留下了该村一幢五十年代的平顶老宅——虽然仅仅一幢，却还能叫

◇白洋淀景区竟然出现了一片日式建筑

我们领略到此地祖祖辈辈生活的情状。还有大淀头村自建的一座小小的博物馆，保存着该村世世代代使用过的一些当地特有的渔具、编织机与生活器物，还有上世纪知青生活的某些珍贵的遗迹。这个博物馆虽然还嫌太小、太单薄和简易，但这是他们用心来做的，是对自己历史的敬畏和文化上的自觉。我对老村长说："你要提早留下几只老渔船和放鸭排，放进博物馆。社会发展得太快，这东西很快就没了。"老村长笑道："我会的，会的。"他是个难得和少有的明白人。

可是怎样使这种自觉成为这片土地上的文化自觉呢？这种事应由谁做？知识界有多少人会到白洋淀帮助他们踏踏实实做些文化传承与建设上的事，而不是去找项目、盖房子——赚钱？

如果当地缺乏这种文化自觉，我们就会渐渐失去白洋淀的风情、白洋淀的个性和白洋淀的精神。这恐怕是白洋淀必须面对的问题。

2017.11.20

我为慈城担忧

昨天,忽见媒体上浙江宁波慈城一名官员说出的惊世骇俗的一句话:

"现在看来,靠常规武器行不通了,而'凤凰古城旅游开发模式',就是政府给慈城投下的一颗'原子弹'。"

先甭说什么"凤凰古城旅游开发模式",就这一句就够得上一颗重磅炸弹。炸得我——也炸得远在上海的阮仪三教授魂飞魄散,急得阮仪三教授焦虑万分打电话给我。

记得2002年,应宁波慈城之邀,我与阮仪三教授在宁波网上做视频交谈,内容是探讨慈城的古城保护与利用。那时宁波的城市保护与建设的确做得很好。宁波市刚刚完成对月湖及其周边的整理与修缮,慈城正待起步。我和阮教授都对宁波人做

事的精致、认真、踏实表示由衷赞赏，并对深知并深爱自己文化的宁波人心怀敬意。记得阮教授——这位古城镇保护大家曾对慈城的开发提了许多极好的建议。此后几年我与慈城相关人士多有接触，常常听到他们振兴古城的各种想法，难道最终的结局竟是引来一枚"原子弹"，还要与风马牛不相及的凤凰古城"联姻"，疯了？

一个是湘西文化，一个是浙东文化；一个是苗族土家族的山水聚落，一个是典型的江南平原上汉族的古县城。两地的历史、地理、民族，以及民间的信仰、民俗、建筑、生活习惯，还有人的性格、气质、审美，都迥然不同，怎么联姻？慈城相中人家什么了，说白了，不就是580万游客19亿收入吗？而慈城已经公开说出自己的"初步计划"："'出嫁'后的新慈城三年内要实现每年接待国内外游客60万人，五年内达到每年80万人，八年内达到每年120万人。"这话说得多直白！一切目的只为赚钱和发财而已，与古城的文化保护无关。

慈城是我国现存无多的江南古县城之一。历史街区完好，格局井然有序，古迹古建密集，最关键的是这里保持着美好的民俗民情和深厚的历史记忆。由于我的祖辈生活在慈城，我读

过许多有关这里的书。我知道慈城地区历代的进士就达到五百多位，这是多么雄厚的文化积淀，何况还有许多非物质文化遗产！这一切全美好地保存在不到三公里见方小小的城区里，倘若每年上百万旅客蜂拥而至，还不把这一切全都冲散和吞没？

何况"凤凰古城的模式"并不成功。如今的凤凰城更像一座五光十色的娱乐城，一个土特产品的露天超市，入夜后沿江酒店迪斯科的打击乐声震得山响。如果那位新西兰作家艾黎再来，还能称它为"中国最美的小城"吗？有多少游人从中神会到沈从文、陈宝箴世家和真正的苗家人文的精髓？

我们不反对古城的旅游，世界所有古城都是游人旅客观光之地。但应该说，当今古城和古村落的旅游已经构成一种对其文化的破坏。因为很少有人去想如何传播它的文化与精神，只想拿文化赚钱。过去我们用"砸烂旧文化"表示自己革命，现在胡乱地改造文化是为了赚钱。我们还有多少家底经得起这样的折腾？

现在的古城和古村落开发已成套路：

首先是风风火火地去找有资本的开发商，然后不经过专家论证也不向当地百姓公示，完全按照商业盈利的需要制订方案，

把古迹当景点，把遗产当卖点，把无法当作景点和卖点的文化遗产甩到一边；然后是"腾笼换鸟"，迁走甚至迁空原住民，使古城失去活的记忆和生命；沿街全改成店铺，招引商贩，于是所有旅游景区营销的工艺品全都像从一个仓库里批发出来的。然后是在街头屋角挂红灯笼、插彩旗；为了客人翻番、收入翻番，随心所欲地增加景点，甚至动手造假，这就是当下最时髦的一个词儿——打造。

套路化的旅游带来的一定是粗鄙化的旅游，同时使各地古城和古村落的文化遭到彻底的破坏。我说彻底，是指原有的文化生命被瓦解，固有的文化魅力荡然无存，只有布景般的模样，没有真正的个性与气质。这到底是源自对文化的无知，还是只要金银不要其他。

一个地区经济兴衰总是三十年河东三十年河西，唯文化才是永远攥在手中的不变的王牌，是永恒的资源。这资源既是经济的，更是精神的。如果拿它换眼前的几个小钱，失去的却是一个地区最重要的东西——精神。地域精神、人文传统、乡土情感与亲和力，这些东西一旦失去是多少钱也买不回来的。世界上有比金钱重要的东西，凡是用钱买不到的东西都比钱重要。

科学的发展观中重要的一条是按照事物的规律办事。按事物的规律办就是科学的，反之就是反科学的。文化的事要按照文化的规律办，不能只按照经济的规律和经济的目的办。古城古村落是个综合体。其中，精神传统与文化财富是重大成分。不能牺牲文化去换取一时的经济利益。何况世界古城旅游的经验是，保护得愈好，才愈有旅游价值。

为此，我为"嫁"出去的慈城担忧。

难道一个人文如此深厚、典雅、优美的古城只有一条"出嫁"的绝路吗？

谁帮一下慈城？

2009.9

胡卜村的乡愁与创举

绍兴的胡卜村是个仪态万方的老村子。按照中国传统选址建村的风水观,这个村子的祖先可谓慧眼独具,选上了这块"风水宝地"。它背倚郁郁葱葱的七星峰,稳稳地坐在舒缓的山坡上,下临清澈又光亮的梅溪。村中有五六百户人家,都能有根有据地说出自己村子一千年来厚厚实实的历史。这里一直保存着自己村中的名胜,胡姓家族的祠堂,优美的宅院,地方信仰的小庙,过街牌坊,还有滋有味地传承并享用着自己独有的习俗、民艺、小吃和传之久远的目连戏与越剧;村中一些参天的古木形姿如画,更叫他们引以为豪。按照国家"中国传统村落名录"的标准和要求,如此典型和遗存丰厚的浙东古村是应当提出申报的;如果被认定为传统村落,就会进入国家的保护

范畴。但是它的"命"不好，已经被划入浙江正在兴建的大型工程钦寸水库的淹没区内。钦寸水库事关宁绍平原防洪、灌溉、饮用水与发电，意义重大。为此，胡卜村必将从地图上抹去，这命运别无选择。可是，世世代代生活在这里的胡卜村人不情愿、不甘心。他们知道自己古村的价值，不能叫它葬身水底。怎么办？

一年多前就有人找我说，浙江绍兴建水库，有个老村子要淹，想请我写块碑刻在石头上，沉在水里，永志纪念。我听了，心一动，为这村子百姓的乡情而心动。后来又听说，百姓们想大家捐款，共同出力，把村子整体迁出库区，村民们竟然如此深爱自己的村庄，叫我颇受感动。可是原封不动地迁一个村子难度极大，这近乎浪漫的想法能实现吗？待到近日我要去慈溪参加传统村落保护的国际论坛，村子有人得到消息，跑来找我，他们带来的一个消息叫我大受震动，原来他们真的实现了自己的愿望，已经把整个胡卜村从库区迁出来了。他们想叫我过去看看，同他们一起研究如何重建。

在丘陵起伏的宁绍平原的一块高地上，我看到的是已拆散了的胡卜村。他们用铝板盖建了两个巨型的库房，进去一瞧，

里边竟然堆满了一个村落所有重要的遗存。从祠堂、庙宇、房屋宅院的所有构件，到农耕器具、交通工具和家具什物；只要是有特色、有特殊内涵、有记忆的，全都收集到这里。据说，他们在拆卸古建之前，全做了严格的测绘与标记，拆卸后整齐有序地摆放在仓库里，以备重建。至于他们日常生活中那些花样百出的各类物品，如炊具、餐具、烟具、灯具、酒具、量具、文具、供具、玩具、雨具以及乐器、算盘、麻将、鸟笼、棋子、筐子、拐杖、针线、书本、衣物和鞋帽等等更是一样不少，应有尽有。看得出，他们对自己的生活与家乡的珍爱与依恋，一样也不肯丢弃，还执意叫它们"活"在世上。

最令我震撼的是仓库外的大片空地上，浩浩荡荡摆满了村中的石础石板、石磨石臼、老砖老瓦，单是水缸就有一两千个。胡卜村的古树是他们村子的"传家宝"，全部迁了出来，树身上下扎满草绳，像一群腿壮腰圆、身高数丈的大汉立在那里，等待被安置在重建的古村中。这之中还有一堆堆黄土，一问方知，是村民从村中挖出的"故土"，这才是"故土难离"呵！面对这一切，我心里一阵阵感动，我被胡卜村人如此真挚而深切的乡情感动。不是总有人问什么是乡愁，这不就是活生生、真切的

◇浙江绍兴胡卜村

乡愁吗？乡愁不就是我们的百姓对生养自己的故土故乡刻骨铭心的情感与爱恋吗？不就是家园真正的精神价值吗？现在，胡卜村人用自己的行动把它如此夺目地体现了出来。这真是一个非凡的壮举！一个世所罕见的创举！

后来进一步了解，知道了这里边更多的故事。

在胡卜村人为自己的村子筹谋出路时，一位老人对本村在外办企业的一位人士说："你有力量，这事你得管管。"这位人士在绍兴办了一家科技含量颇高的现代化工医药企业，相当成功。他也深爱自己的故乡，愿意为家乡出力，慨然说："这是我们共同的老家，我应当管。"

这家企业对如何办好这件事反复做了研究。他们知道，要把一个村子迁出去重建并不简单，首先要有土地，重建要另做规划和设计，建成后还要长期管理好。还有，胡卜村的村民作为库区移民，都要被安置到异地他乡。重建的古村不会再是原先生活的胡卜村，那它应该是什么形态？谁来保存？谁来做？他们认为，只有用企业行为来做这件事，把古村建成一个类似欧洲的"露天博物馆"（一称"乡村博物馆"）：既是历史原真性的静态陈设，也含有一些活态的生活文化；既是本村本地区

的百姓回来寻根问祖、寄托乡思之处,也是四方游人前来观赏的一座原汁原味的千年古村之地。这样,一个遗存丰厚的千年古村不就保存下来了吗?他们把这个想法与地方政府一谈,得到支持,用地也确定了,就在现在仓库上边的山岗上。将来水库蓄满,这山岗会变成一个半岛,站在岛上可以俯瞰淹没胡卜村的水面。胡卜村的遗址将永沉水底,古村却神态依然地伫立在宁绍这块土地上。

在村民还缺乏文化自觉时,我们要启发他们这种自觉;当他们有了文化自觉,我们要帮助他们做好文化的事。

我对他们说,我们当然应该帮助你们好好琢磨一下这个露天博物馆怎样建。这可是严格意义上中国第一个露天博物馆,要做就做成一个地地道道的"范本",做成兼有很高旅游价值的历史文化精品,而不是粗糙的旅游景点。对得起胡卜村的历史,更不能辜负胡卜村村民们如此深挚又美丽的乡情。

2016.5.17

中国最古老的村落在哪里？

我们在做古村落调查时常会想，中国现存最古老的村落是哪个，在哪里，什么时代的，距今多少年？

可是，村落一般是自然聚居而成的，没有具体的建村年代，而我国的村落又鲜有村史，无从可考，缺少实证，从何处知晓哪个村落最古老？

然而，最近在浙东做村落考察时，我却意外地"发现"最古老的村落，就在宁波的河姆渡。它形成于史前的新石器时代，距今七千年。我一连两次跑到那里，是为了看看最早的村落什么样子，会给我哪些启示。

当然，它不再是活态的村落，早已化为一片大文化的遗址，但从这里至今犹存大量的干栏式建筑的残骸，可以想见河姆渡

◇河姆渡远古人聚落遗址的景象

人曾经在浙东这块湿润而舒缓的土地上所建造的村落风景；尽管岁月遥不可及，但从这片遗址中发掘到的极其丰富的遗物，完全可以触摸到我们祖先最初迷人的村落生活。

这感受真是奇妙无比！

那时，我们的先人的生活充满了凶险与艰辛，各种猛兽时时来袭，野象、四不像、鳄鱼、猛虎；还不时遭遇到各类可怕的自然灾害，雷电、大火、洪水、疾病；面对这些直逼生命的威胁，人是孤立无援的；没有任何抵御的武器，没有医药，只有一双手；然而无比顽强与聪慧的河姆渡人，就凭自己的双手用身边大自然的石头、木头、泥土、苇草，以及兽骨、鱼骨、鸟骨来制作各种工具与器具，猎杀野兽，盖房造屋，获取食物，建立生活；而且在这里还做了一件伟大的事——将"野生稻"培植成了人工栽种的谷物。这可是中华民族历史进程中极其伟大的一步！这一步，从居无定所的渔猎时代跨入了定居生活的农耕时代，从而将自己的生命及其情感与土地牢牢地扭结在一起。一种全新的生活创造开始了。

最早的农耕工具出现了，翻土的耒耜、点种的木棒、收割庄稼的镰、舂米的杵、盛粮的陶罐。当然，远不止这些——

令人惊讶的是河姆渡人非凡的才智和高度的技术能力。他们能把石锛打磨得像经过现代"机加工"那么细腻光滑，将骨针的针孔雕琢得又圆又小、草绳子编得又长又韧、箭镞和钻头造得锋利逼人。他们可是七十个世纪前的远古人呵！最叫人惊叹的是，他们发明了形制那么多样的榫卯与木构件，柱脚榫、梁头榫、燕尾榫、销钉榫等等。直到现在我们的木工还在用这些榫卯，那时可没有金属来破开木头和凿出卯眼呵。就凭着这些构件，他们在这片丰饶的土地上构筑起一座座坚固而巨大、可容三四十人居住和生活的干栏式建筑。尽管遗址保留的建筑残骸不是全部，但一个原始村落已经如画地呈现在我们眼前了。

我们的先人在这里过着群居式的集体生活。一边捕鱼猎兽，一边采集果实，一边耕种稻谷，而且开始驯养猪、牛、狗等家畜了。因此，他们能吃到大米和有荤有素的食物。村中一座木构的水井，是迄今为止发现最早的一口水井，说明他们竟然发现了地下水。这使他们有充足的水喝。水井的出现使他们的村落生活更加安定，只有安定才能不断地积淀与建设。为此，河姆渡人便开始追求更高级的生活——精神生活。

细心观察就会发现，他们已经很讲究物品的造型了；单是

煮食烧饭陶釜的式样就十分繁多与优美，上边还雕刻着各种好看的图案与可爱的形象。各种工具上的装饰更是花样纷繁，这都体现着他们对生活的情感。至于那些佩戴在他们自己身上的骨坠、石珠、玉管，则表明我们祖先的爱美之心。有一块线刻的象牙蝶形器，是河姆渡出土的极品，上面用精细和流畅的阴线，刻画着两只昂奋欲腾的鸟与一轮灼热的太阳，鲜活生动，激情洋溢，不仅叫我们看到先人的精神向往，其雕刻技艺之精湛，亦令人惊叹不已。更令我震撼的是几件小小的雕塑，一头陶猪，一条鱼，一只羊，还有人面；那种简洁、洗练、生动与传神，即使在今天，亦是艺术的杰作。

更美好的艺术也在这个村落里出现了——音乐。这里发现的吹奏器骨哨，打击乐器木鼓，以及单孔的陶埙，在告诉我们这个原始村落的生活曾经如何动人。他们是否还有律动优美的舞蹈呢？

从河姆渡这些大批遗物中，能够鲜明看出我们的先人的精神世界：对大自然的敬畏，对美的崇尚，对美好生活的热爱与向往。他们已经不是为了求生的本能活着。这种精神是村落核心与本质的精神。七千年来，它不一直是我们村落赖以衍存不

败的精神定力和不断进取的内心的动力吗？

应该说，河姆渡的村落已经是较为成熟的原始村落。不仅规模可观，而且具备一整套生产与生活的村落体系，拥有相当程度的物质与精神的村落文明。对富足的追求，促使他们的生产技术不断地创新与进步，他们已经能够制造最早的织机和漆器了。这样，在技能性专业上如制陶、盖屋、捕猎、耕作、编织必然有了分工；分工愈清楚就愈要求彼此有序地配合；如果没有相互的配合与协调，这么大型的干栏式怎么能盖得起来？于是在这个村落里，我们看到人类历史上一个重要的文明形态——社会的出现，从而使我们认识到，最古老村落既是人类生产生活最初的聚落，也是社会形成的基地，文明的发祥地。我们今天村落所有根本性的元素，河姆渡那时都已经有了，虽然那时还是我们中华民族的"孩提时代"。它告诉我们村落的本质与意义。因此我们说，村落是我们最早的家园，是扎在大地上最深和最关键的根。

我们今天已进入比较高度的现代文明，但如果没有先人的创造，特别是对村落的创造，就不会有今天。然而，对古村落留给我们的更广泛和深邃的内涵，我们是否全都真正认识到

了呢?

我们感谢河姆渡人!不仅因为他们创造了最早的村落,更由于它跨越了七十个世纪,居然完整而神奇地保留至今,从而叫我们认识到村落的意义与价值,使我们敬畏与珍惜古村落。

在人类历史由农耕文明向工业文明转型的当代,我们保护好一些具有各类代表性的古村落,不正是为我们后代留下农耕历史的文明标本,让我们的后代对自己的文明永远有家可回吗?

2016.5.1

古俗

打 树 花

一直来到暖泉镇北官堡的堡门前，也不清楚堡外民居的布局。反正我是顺着人流、沿着一条九曲十八弯的小街挤进来的。小街上没有灯，到处是乱哄哄来回攒动的人影，嘈杂的声音淹没一切，要想和身边的人说话，使多大的劲喊也是白喊。但这嘈杂声里分明混着一种强烈的兴奋的情绪。有时还能听到一声带着被刺激得高兴的尖叫。这种声音有个尖儿，蹿入夜间黑色的空气里。

北官堡的堡门像个城门。一个村子怎么能有这么大的土城？至少三四丈高的土夯包砖的"城墙"上竟然还有一个檐角高高翘起的门楼子。门前是个小广场。站在城门正对面，目光穿过门洞是一排红灯，前大后小，一直向里边向深处伸延。显然，

那是堡内的一条大街。这一条街可就显出了北官堡非凡的家世与昨天。但这家世还有几人知道？

门前广场上临时拉了一些电灯，将堡门下半截依稀照见，上半截和高高在上的门楼混在如墨的夜色里。一个正在熔化铁水的大炉子起劲地烧着。鼓风机使炉顶和炉门不停地吐着几尺长夺目的火舌。这火舌还在每个人眼睛里灼灼发亮，人们——当然包括我，都是来争看此地一道奇俗：打树花。我于此奇俗，闻所未闻，只知道此地百姓年年正月十六闹灯节，都要演一两场打树花。

当几个熊腰虎背的大汉走上来的时候，人们沸腾了。这便是打树花的汉子。他们的服装有些奇异，头扣草帽，身穿老羊皮袄，毛面朝外，腰扎粗绳，脚遮布帘，走起来又笨重又威风，好像古代的勇士上阵。这时候，人群中便有人呼喊他们一个个人的名字。能够打树花的汉子都是本地的英雄好汉。不久人声便静了下来。一张小八仙桌摆在炉前，桌上放粗陶小碗，内盛粗沙，插上三炷香。还有几大碟，三个馍馍三碗菜，好汉们上来点香，烧黄纸，按年岁长幼排列趴下磕头。围观人群悄无声息。这是祭炉的仪式。在民间，举行风俗，绝非玩玩乐乐，皆

以虔诚的心为之待之。

仪式过后,撤去供案,开炉放铁水。照眼的铁水倾入一个方形的火砖煲中。铁水盛满,便被两个大汉快速抬到广场中央。同时拿上来一个大铁桶,水里泡放着十几个长柄勺子,先是其中一个大汉走上去从铁桶中拿起一个勺子,走到火红的铁水前,弯腰一舀,跟着甩腰抡臂,满满一勺明亮的铁水泼在城墙上。就在这一瞬,好似天崩地裂,现出任何地方都不会见到的极其灿烂的奇观!金红的铁水泼击墙面,四外飞溅,就像整个城墙被炸开那样,整个堡门连同上边的门楼子都被照亮。由于铁硬墙坚,铁花飞得又高又远,铺天盖地,然后如同细密的光雨闪闪烁烁从天而降。可是不等这光雨落下,打树花的大汉又把第二勺铁水泼上去。一片冲天的火炮轰上去,一片漫天的光雨落下来,接续不断;每个大汉泼七八下后走下去,跟着另一位大汉上阵来。每个汉子的经验和功夫不同,手法上各有绝招,又互不示弱,渐渐就较上劲儿了。只要一较劲,打树花就更好看了。众人眼尖,不久就看出一位年纪大的汉子,身材短粗敦实,泼铁水时腰板像硬橡胶,一舀一舀泼起来又快又猛又有韵律,铁水泼得高,散的面广,而且正好绕过城门洞;铁花升腾时如

◇蔚县暖泉镇北官堡的打树花,整座门楼如同沐浴在无比灿烂的火雨中

在头上张开一棵辉煌又奇幻的大树。每每泼完铁水走下来时，身后边的光雨哗哗地落着，映衬着他一条粗健的黑影，好像枪林弹雨中一个无畏的勇士。他的装束也有特色。别人头上的草帽都是有檐的，为了防止铁水溅在脸上，唯有他戴的是一顶无檐的小毡帽，更显出他的勇气。

据当地的主人说，这汉子是北官堡中打树花的"武状元"。今年六十一岁，名叫王全，平日在内蒙古打工，年年回来过年时，都要在灯节里给乡亲们演一场打树花。

正像所有民俗一样，打树花源于何时谁也不知道。只知道世界上唯有中国有，中国唯有在蔚县暖泉镇北官堡才能见到。除去燕赵之地，哪儿的人还能如此豪情万丈！

此地处在中原与北部草原的要冲，过往的行旅频繁，战事也忙，那种制造犁铧、打刀制枪、打马蹄铁的"生铁坑"（翻砂作坊）也就分外地多。人们在灌铁水翻砂时，弄不好铁水洒在地面，就会火花飞溅，这是铁匠们都知道的事。逢到过年，有钱的人放炮，没钱的铁匠便把炉里的铁水泼在墙上，用五光十色的铁花表达心中的生活梦想，这便是打树花的开始。当然，关于打树花的肇始还有一些有名有姓、有声有色的传说呢。

民俗的形成总是经过漫长岁月的酿造。比如最初打树花用的只是铁水一种,后来发现铁水的"花"是红色的,铜水的"花"是绿色的,铝水的"花"是白色的,渐渐就在炉中放些铜,又放些铝,打起的树花便五彩缤纷,愈来愈美丽。再比如他们使用的勺子是柳木的。民间说柳木生在河边,属阴,天性避火。但硬拿柳木去舀铁水也不行,这铁水温高一千三百度呢。人们便把柳木勺子泡在水桶里,通常要泡上一天一夜,而且打树花时每个汉子拿它用上七八下,就得赶紧再放在水桶里浸泡。多用几下就会烧着。湿柳木勺子的最大好处是,铁水在里边滑溜溜,不像铁水,好像是油,不单省力气,而且得劲,可以泼得又高又远。

铁水落下来,闪过光亮,很快冷却。打树花的过程中,常常会有一块两块小铁粒落在人群里,轻轻地砸在人们的肩上,甚至脸上,人们总是报之以笑,好像沾到了福气,我还把落到我身上的一小块黑灰的铁粒放在衣兜里,带回去做纪念呢。

有人说,蔚县的打树花至少有三百年历史了。不管它多少年了,如今每逢正月十六——也就是春节最后的一天,这里的人们都上街吃呀,乐呀,竖灯杆呀,耍高跷呀,看灯影戏呀,

闹到半夜，最后总有一场漫天缤纷的打树花；让去岁的兴致在这里结束，让新一年的兴致在这里开始。

中国人过灯节的风俗成百上千，河北蔚县暖泉镇北官堡的打树花却独一无二。

2004.1.10

拜灯山

在燕北那些古村落里,我忽然感觉手腕上的表针停了。时间变得没有意义。历史在这里突变为现实。其实这并不奇怪,中国的现代化还只是神气十足地端坐在各省的一些大城市里,历史却躺在这些穷乡僻壤——尤其是各省交界的地方呼呼大睡。连数百年前那些为了防范"外夷侵扰"的土堡也依然如故。在中古时代多民族争战的燕北,每一座村庄外边都围着一道高高的土夯的墙,像是城墙,它历久弥坚,尽管有的只剩下狼牙狗啃般的残片,却仍像石片一样站立着,在今天来看成了一种奇观。一些墙洞和豁口是图走近道的村人钻来钻去的地方。最坚固的是堡门,四四方方,秃头秃脑,好像碉堡,但早都没有了堡门。门上却清清楚楚写着村名和建堡年号。抬头一瞧往往吓

一跳。有的竟是"康熙"甚至"嘉靖"和"洪武",至少已经三四百岁了。

堡内的历史似乎保存得更好一些。街区的格式还是最初的模样,老屋老宅只是有些"褪色"罢了;一些进深只有数尺的小庙,墙上的壁画有的竟是大明风范;那些神佛的故事画上,每个画面旁边都有一条写着说明文字的"榜书"。最令人神往的是,各个村口几乎全有一座戏台。据说半个世纪前,蔚县有戏台八百座,一律是木造彩绘,式样却无一雷同。数十年来不断地拆毁,遗存仍很可观。只是放在那里无人理睬,任凭风吹雨淋日晒鸟儿筑巢,甚至小孩儿爬上去蹲在里边拉泡屎。

可是这些戏台往往称得上是一座博物馆。戏台两侧的粉墙上,有残存的绘画,有闲人漫题,有泄私愤的骂人话,有当年戏班子随手写上去的上演的剧目,有的还有具体的纪年;甚至还有"文革"期间全村划分阶级成分的名单公告。它们之所以至今还保留在墙上,就是没人把它们当作是一种历史,而现在仍然没人把它们当作历史。

在上苏庄村北端一座数丈高的土台上有一座三义庙。庙前

的台阶陡直，可谓直上直下。殿前对联写着"三人三姓三结义，一君一臣一圣人"。北方乡间建"三义庙"，多是为了从刘备、关羽和张飞三兄弟那里取一个"义"字，来维持人间关系的纯正。但上苏庄村的"三义庙"，却多了另一层意义。站在庙门前，居高临下，俯视全堡，细心体会，渐渐就会破解出此堡布局的文化内涵。

据说当年建堡时，风水先生看中一条自东南朝西北走向的"龙脉"，如果依此龙脉布局建村，可望兴旺发达。但这条龙脉不是直通南北，怎么办？从八卦五行上看，龙脉的"首"与"尾"都在"土位"上。这便要在"土"上好好做文章。由于火生土，就在南端建造一座灯山楼，敬奉火神，促其兴旺；可又担心火气过盛，招来火灾，于是又在北端建起这座三义庙来。因为相传刘备是压火水星，可以用来抑火。

这样，一个完美的村落就安排好了：堡内中间一条大道，由西北向东南，正是龙脉。南端是灯山楼，北端是三义庙，一火一水。火生土，水克火，相生相克，迎福驱邪。这使我们在不觉间碰到了中国文化中一个最本质的追求——平衡与和谐。

然而这一切，在上苏庄村特有的一个古俗中表现得更为深

切。这古俗叫作拜灯山。

灯山是指灯山楼，就是堡南那个火神庙。拜灯山是敬祀火神。敬火神不新鲜，但这里敬神的方式可谓举世罕见。

本来拜灯山只是在每年正月灯节举行。此地的主人知道我们这些来蔚县参加"全国民间剪纸抢救专项工作会议"的人多是民间文化的学者，难得到这里来，便特意为我们演示此项古俗。

拜灯山的风俗分前后两部分。人们先要在灯山楼前举行奇特的敬神仪式，然后去到村口戏台前的广场上看戏听曲，载歌载舞，大事欢庆。

北官堡的灯山楼称得上天下奇观。说是神庙，其实只是一个神龛，灰砖砌成，高达三丈，龛内没有神像，空空的只有一个巨大的梯式的木架。一条条横木杠排得很密。这些木杠是拜灯山时放灯碗用的。平时没有灯碗，只有一个大木架。但绝没有小孩爬进去玩，因为这是神龛。

在拜灯山仪式举行的前一天，先由艺人按照一定的文字笔画在木架上摆灯碗，也就是用灯碗点状地组成特定的文字与花边图案。这些文字构成的吉祥话，是用来表达心中美好与崇高

的愿望的。如：五谷丰登、四季平安等等。灯碗是一种粗陶小碗，内置灯捻与麻油。灯楼内的文字年年不同，但艺人严守秘密，村人绝不知道，这也使拜灯山更具神秘性。

天色变黑时，全堡百姓走出家门，穿过大街缓缓走向堡南的灯山楼。一路上，跨街挂着的方形纸灯都已点亮。上边饰着彩花彩带，灯笼上写着吉语。如风调雨顺、人畜两旺、国泰民安、和气生财等等。美好的词句渲染着人们的心情。据说，一般挂灯十二盏，闰月十三盏，寓意月月平安。当人们聚到灯山楼前时，已是一片漆黑，没人说话，全都在一种庄重又肃静的气氛中默默等待。

不多时，堡北高处三义庙的灯亮起来，如同启明星，很亮很白。跟着，堡内各处小庙燃灯烧香，神的气息笼罩人间，拜灯山的活动便开始了。三位艺人手持蜡烛，爬上楼内木梯，由上而下将木梯每一横木杆上的油灯点着。渐渐亮起来的灯火连接起来的笔画一点点、一个字一个字地显露出来。顺序而成是四个大字"天下太平"。四字形成，众人欢呼。艺人们将一道巨大的纱幕拉上，遮在外边，里边木梯的影子就被遮住，唯有灯光由内透出，朦朦胧胧，闪闪烁烁，亮亮晶晶，尤其风动纱帘

◇村北的三义庙,建在数丈高的土台上,为了以水克火,相克相生

时,灯光分外生动,仿佛有了生命,景象真是美妙至极!不多时,一阵锣鼓响起,由大街北边传来。随着敲锣打鼓,一群盛装艺人们鱼贯来到灯山楼前。主角是由孩子装扮的"灯官"——据说这孩子必得是"全科人儿"。他坐在"独杆轿"上,由四名扮成衙役的村汉抬着。还有一些身穿文武戏装的人物跟在后边。其中一男一女反穿皮衣,勾眉画脸,扮成丑角,分外抢眼。这一行人走到灯楼前,列队,设案,焚香,作揖,施叩礼,敬拜火神,其态甚虔。我暗中观察四周的村民,没有一个笑嘻嘻的,更没人说话,全是一脸的郑重和至诚。在这种气氛里自然会感受到火神的存在。

有人连着吆喝三声:"拜灯山喽!"声音是本地的乡音。

跟着鞭炮响起。据说燃放鞭炮,一为了助兴;一为了通知村口戏台那边,表示这边的拜灯山仪式已经完毕,那边的大戏即将开锣。

灯官一行转过身来,经来路返回。随行的戏人开始戏耍起来,刚才那种虔敬与神秘的气氛转为火爆。渐渐地那穿装怪诞的一男一女两个丑角成了主角。

村人们都知道这男的叫"老王八",女的叫"老妈子"。他们演的是"王八戏妈子"。但一般人说不清楚为什么王八要戏耍妈子。与我同来的民间文化学者也无一能够说得明白。中国的民间文化从来都是这样——我们不知道的远比知道的多。

倘若听当地老人说一说,这两个人物的来历非同小可。他们竟是神话时代的北方之神玄武与玄武的妻子。

玄武在道教中主管北方,所以北方百姓对玄武尤其崇敬。然而,在中国民间,人们对自己的敬畏者并不是远远避开,而总是尽量亲近,与之打成一片。敬畏龙王又戏龙舞龙,惧怕老虎却反而将虎帽虎鞋穿戴在孩儿身上。由于传说中玄武是龟蛇合体,民间称乌龟为王八,故戏称玄武为"老王八"。而"老妈子"是此地人对老婆的俗称。这样一来,神与人便亲密起来。人们把"老王八"的脸画成一个龟面;头上竖一根珠簪,舞动时,珠簪乱颤,好似蛇的芯子;脖子上还戴一串铃铛,一边跑一边哗哗地响。"老妈子"的脸被画成鸟面,头顶红辣椒,手挥大扫帚,两人相互追逐,滑稽万状,尤其到了十字街口供奉火神的灯杆下,有一番激烈的扑打,最后"老王八"将"老妈子"拥倒在地,引得人们哈哈大笑。据一位老人说,这不是一般的

打逗，是表示玄武夫妻在交媾。传说中，玄武与妻子生殖能力极强，此中便有了多子多福的寓意，分明是一种原始的生殖崇拜了。对于远古的人来说，生殖就是生命力，生殖本身就是最强大的避邪。它正是这一古俗里久远与深刻的精髓。在这些看似戏闹的民俗里，潜伏着多少古文化的基因呢？

"老王八"扑倒"老妈子"之后，这边的活动即告结束。此时，不远的村口锣鼓唢呐已经大作起来。那边欢庆的气氛与这边快乐的情绪如同两河汇流，顷刻融在一起。大批的人拥向村口戏台。

据说，身后的灯山楼那边，会有一些不孕女子偷油灯，拿回去摆在自家供桌上，传说可以早日得子；还有人举着娃娃去爬灯杆，寓意升高……据说，先前蔚县一带不少村庄都有拜灯山的风俗，但大都废而不存。传衍至今的独独只有上苏庄村。对于拜灯山，我所看重的不只是这种具有神秘感的风俗形式，更是其中那种对命运和大自然的虔敬、和谐的精神，还有亘古不变的执着与沉静。

2004.1.10

长春萨满闻见记

在四川广汉看三星堆时,一位研究古蜀文明的学者望着我惊异不已的面孔说:

"如果叫你选择一项研究的题目,首选一定是三星堆吧。"

我摇头笑道:"不,是萨满。"

我把此中的理由告诉给这位朋友:三星堆是死去的远古之谜,萨满是依然活着的远古之谜;死去的谜永无答案,活着的谜一样无人能解。我还说,我从三星堆的祭祀坑中嗅出了萨满的气息。这句话,把我脸上的惊异挪到了他的脸上。

然而,不单单为了这个缘故,我才奔往吉林长春。更使我感兴趣的是,要与来长春参加第七届国际萨满文化学术研讨会议的中外萨满学者,一同去市郊一座典型的旅游景地——龙湾

民俗村,看萨满特意为这次国际会议做的表演。表演者是两个著名家族:吉林市乌拉街的张氏家族和九台市东哈村的石氏家族。自乾隆十二年(1747),朝廷颁布《钦定满族祭天祭神典礼》,明文取消了萨满的自然崇拜,改为以祖先崇拜为主的家祭。这两个家族的萨满家祭则属正宗,不仅传承有序,整套的请神仪式一直完好地保存着。据说他们仍然可以做到"请神附体"。可是,这种郑重不阿的祀神祭祖的萨满仪式也能表演吗?怎么表演?我知道眼下这一来自母系氏族社会的神秘莫测的远古文化已经进入一些旅游开发商的视野。商业化能成为这种濒危文化活下来的保护伞吗?是一条生路还是不得已的出路?从中是继续闪耀着历史的光芒还是失却了自己的精魂?这正是我关注和关切的问题。

在一座水泥建造的露天舞台上,摆放着一排动物的石雕像。虎、豹、熊、狼以及立在中间铜质的图腾柱上的雄鹰,都是萨满崇拜的对象。但这里的雕像只是现代人粗糙的仿制品,亮光光没有时间感和历史感。两张铺着红绸的供桌摆在中央,崭新而廉价的镀铜香炉锃亮刺目。临时制作的旗幡在风中猎猎飘摆,

一些穿着花花绿绿满族服装的少男少女分列两边。看来这水泥舞台就是萨满即将献演的神坛了。这会不会是一场如今各地旅游景点中常见的那种浅薄又粗俗的民俗表演？

然而，台下的各国萨满学者却按捺不住心中的激动，举着照相机和摄像机，离开舒适的坐席和遮阳伞，簇拥台下，等待萨满们将不曾见过的神灵请到眼前。当然，也有人坐着不动，将信将疑。

万物有灵是人类祖先对大千世界共同的感受，也是对陌生而神秘的世界最初始的解释。在远古，我们的祖先脆弱得有如蝼蚁。无论是酷烈的太阳、肆虐的风雨、狂暴的江河、冷漠的崇山峻岭，还是凶残的猛兽、无情的烈火、骤然而至的疾病和中毒以及想象中的种种厉鬼，都对他们构成伤害，使得他们恐惧、担忧和日夜不宁。他们试图通过人神交往，请求无所不在的神灵的同情、宽恕、息怒、悲悯、关爱、庇护和恩赐。萨满就是最早出现的专职的人神中介。萨满学者认为这个时间是距今近万年以上的旧石器晚期。在属于那个时代的美丽而奇妙的母系氏族社会里，具有这种通天能力的氏族的保护神一定是女人。所以从中国辽西出土的女性石像（8000年前）到奥地利维

伦道夫出土的维纳斯（24000年前）都是神圣的裸体女性。我们无法知道一万多年前，人们用什么方式与神交往。但我们知道在人类与神交往的所有方式中，只有萨满能够把神灵请到人间，并使神灵神奇地附着在自己的身上。这是因为萨满有独自的神灵观和灵魂观。

最使萨满学者感到自豪的是，这个源自母系氏族社会的萨满文化——从仪式到方式，如今还活生生地保存在地球的北半部。就像地球日趋变暖，寒冷的坚冰犹然封冻着北方一些疆土。从北欧到北美，萨满的世界像烟雾一般缭绕不已。这中间是我国北部以及朝鲜半岛与俄罗斯。萨满几乎覆盖着我国阿尔泰语系的所有民族。从古代民族匈奴、鲜卑、勿吉、靺鞨、女真、乌垣、突厥、契丹、回鹘、高句丽、吐谷浑，到近世的通古斯语族的赫哲族、满族、鄂伦春族、鄂温克族、锡伯族，突厥语族的维吾尔族、哈萨克族、柯尔克孜族，蒙古语族的蒙古族和达斡尔族等，全都是代代相传，至今依然可以看到丰富而斑驳的原生态的萨满遗存。因而被国际萨满学者视为奇迹，甚至把我国北方认作世界萨满的故乡与核心。这核心的状态如今究竟如何？

不管那些首先登场、身着满族服装的青年男女的表演如何虚假、生硬和充满旅游色彩，乌拉街汉军张氏的萨满们一亮相，一种古朴又神秘的气息扑面而来。这种萨满的神堂通常都摆在家庭的院落或堂屋，此刻香案却置于洋人的包围中。萨满们挥动鼓鞭击打长柄的太平鼓，扯着脖子唱歌时，那声音像是从数百年空空洞洞的时间隧道传来。两位老人一高而瘦，一矮而胖，身穿长裙神服，头扎神帽，额前垂着一道流苏珠帘遮住面孔，很是神秘。他们的情绪全由随同腰肢有节奏地哗哗摆动着的腰铃声表达出来。这种喇叭状的腰铃又大又沉，重达三十斤，声音低沉而雄厚。萨满迈着程式化的菱形步子。左脚迈出，右脚跟上，右脚迈出，左脚跟上；一步向左，一步向右，极富韵致，又十分老到。在鼓点和腰铃声愈来愈紧的催动中，步子愈来愈疾。先是那位瘦高的萨满用开山刀的刀刃狠砸自己的裸臂，虽然刀口又薄又快，却丝毫不能伤及他的手臂；跟着那位矮胖的萨满身子猛然抖动起来，他闭目咧嘴，似很痛苦。这便是神灵附体了。他失控一般跑到香案后边不住地向上蹿跳，好像有什么东西钻进他的体内又要往外挣脱。两位俗称"二神"的萨满

◇吉林乌拉街的张氏萨满

助手上去又按又压他。一位壮汉走上来一只手抓住他的下巴，另一只手将两根粗如铅笔的尖头银针，从他口内穿腮而出，亮晃晃形同獠牙。这便是张氏萨满有名的"放泰尉"。传说唐王猎取野猪时，曾经奉猪为神。此刻附体在这萨满身上的正是野猪神。待请神完成，在那位瘦高的萨满一边击鼓一边高歌的引领下，二位萨满相互呼应，以同一节奏表演一段萨满舞，动作刚劲有力，腰铃声整齐而震耳；口唱的萨满歌于激越中带着一种悲凉。此时的气氛颇具感染力。我想如果不是这群洋学者频频将闪光灯射在他们身上，如果这表演是在乌拉街古老而湿漉漉的庭院里，我们可能会幻觉到无形的神灵在空气中游动，就像远古的萨满所说的"游魂"。

使萨满学者深感惊讶的是，当那两根银针从腮部取下后，两腮不但没有淌血，竟然连一点痕迹也没有留下。

此后，九台满族石氏萨满在请来祖先英雄神之后，便表演他们拿手的"跑火池"。传说，第一代石氏萨满与敖姓萨满斗法时，曾赤脚踩着厚厚的燃烧着的炭火从池中跑过。从而，火炼金身，驰名四方。今天，这位出场表演的石氏大萨满极具风度，威严又文静。他面对长白山方向摆上升斗，朝天举香，伫立很

久，肃穆得像一株长长的杉木。随后，他的萨满舞与汉人明显不同，轻盈飘忽，出神入化。在舞动神杖急转身体做"旋迷勒"时，身上五彩的梭利条和子孙绳四散飞旋，铜镜片、卡拉铃和腰铃发出一阵美妙悦耳的和声。嶔坎镗鞳，宛如仙乐。经过一整套严格的仪式，终于请来祖先英雄神，大萨满跟着便挥动枪戟，光着双脚一次次跑过两三丈长的火池。两只赤足跑过火池后，还带着一些亮晶晶、烧红的炭块，但双脚就像涉过沙坑那样若无其事。然而我想，如果萨满只是执有这样的本领，并不能令我深信他们真的能够"神灵附体"。

曾经一位民俗学者对我说，他在四川凉山的彝族村寨里看到一位能够通神的毕摩，用舌头去舔烧红的铁铧，还口嚼火炭。我知道鄂伦春族的一位女萨满也有同样的"神功"。其实自称能够通神的巫师，大都通过这种不可思议的绝技表示他们具有超自然的能力。义和团就曾经在坛口表演这种刀枪不入的硬气功，以号召人们以肉身去与船坚炮利的殖民者一决生死。至于舌刀舌火，吞食玻璃，身卧刀板，油锤灌顶，以掌劈卵石这种软硬气功以及轻功，历来为江湖艺人所擅长。有些属于独门绝技，决不外传。应该说，这属于民间文化的一部分，但还不是萨满

文化的真谛。

也许来到二道龙湾的萨满知道他们只是一种纯粹的表演，没有认真进入领神的境界——昏迷。那便是依据萨满的原理，灵魂可以走出物质的身体出游，与神交往，并引领神灵进入自己的身体。在那种非凡的时刻，萨满表现出真正的歇斯底里，冲动难抑，陷入半昏迷状态。在重视从宗教体验来研究萨满的西方学者看来，这种被称作"北方癔病"的古老的方术与巫术，具有神经病学和宗教心理学的研究意义；他们甚至认为萨满是一些具有易于冲动的遗传基因的人。

萨满的昏迷，到底是一种用想象创造的人神相通的幻境，还是用理智完全可以控制的精神状态？在萨满们"放大神"时，他们的助手的责任便是负责节制适度，以免萨满走火入魔，昏死过去。

从历史演变的过程看，愈靠近早期蒙昧时代，萨满的昏迷愈接近于想象；愈接近现代社会，"术"的意味就愈强。"术"的目的，是要人为地制造出萨满非凡的能力。但是，一旦这种超绝的技能具有征服效应，自然就会被一些狡黠的人，作为赚

取钱财的骗术。所以,对萨满的关注,应该是这种原生态的宗教现象深藏着的人类初始时的心灵,而不是形形色色怪诞的技能与功法。

民间文化的历史像一条万里江河。在漫长的流程中,不断因山势而曲转,不断有其他河流汇入其中。千千万万传承线索有如江中大大小小的舟船,时而走上一段路,靠岸停泊,抵达终点;时而一些舟船扬帆起程,驶入中流。萨满发自母系氏族社会,时至今日,已经历经千折百转。由母系氏族到父系氏族,由酋邦到国家社会,由渔猎采集到农耕生产,再加上不同的民族的文化改造、佛教的冲击、汉文化的浸入,以及二十世纪后半期被当作迷信而严加废止和近十多年又作为民俗而复苏。在这历时万年的嬗变和不断的被冲击中,哪些是它原生的元素,哪些已然发生质变?今日上台表演的吉林市乌拉街的汉军张氏萨满,虽然传承久矣,但满人将汉人编入汉军旗也不过三四百年而已。

他们可以称作原汁原味的萨满吗?

然而,这些遗存至今的萨满,从神灵观和灵魂观,到祭祀

与领神的仪规，却都遥遥通向远古。尤其是神灵附体之说，乃是在危机四伏的荒野与遮天蔽日、漆黑如夜的森林间，远古人类在精神力量上伟大的自我创造。不管如今它的形式与细节变得怎样面目全非，但本质没有改变。萨满请神的全过程——由设坛请神到神灵附体，再到代神立言，最后还原为人，依然保持着远古祭祀请神的整套程序。世界上还有比这更古老的活态文化吗？三星堆遗存的只是远古祭祀的器具，萨满仍保留着千万年前的仪式与精神。所以，有的学者称萨满是人类文化的基因库。

也许万里长城造成的错觉，使我们一直把中华民族文明的发源地，放在黄河流域与长江流域，忽略了长城之北那片广袤的大地——黑龙江流域。其实，文明的晨光早早就降临在这块土地上。萨满便是其中一道最夺目的人文曙照。它使我们感受到中华文明的初始感。

在于今尚存的萨满这个载体中，还鲜活地存储着大量古老的民间文化。除去萨满本身的神服和神器（神鼓、神杖、地毯、供具等）之外，还有具有奇效的民间医药、气功和迷人的传统艺术，诸如面具、图腾、剪纸、绘画、刺绣、雕刻和鼓乐。满

族几乎被汉文化同化了，但满人的服饰与艺术却在萨满的屋檐下开着花朵。满语大半失传，满族萨满的人神对话却严格地使用满语。北方民族的许多古老的神话传说都在萨满中有姿有态地活着。此外还应该提到的是更辽阔的背景上那些远古的祭祀遗址和岩画遗存。

但是这一切现在都陷入了危机。

在历史上，民间文化一直存在于被漠视甚至蔑视之中。当全球化迫使人们需要它担当自身个性化的标志时，市场一眼相中它的商业价值。于是，民间文化被重新打造，包装上市。市场根本不管民间文化的历史真实性及其内涵，只需要它表面的特色，愈强烈、刺激、吸引人愈好。因而，市场对于萨满感兴趣的是奇异的服装、听不懂的歌、诡秘的气氛和匪夷所思的各种神功。我想，将来萨满在市场上最大的魅力恐怕就是"神灵附体"了，不管是真是假。市场文化全是快餐式的，看罢一笑而已。文化对于市场只是一颗果子。市场粗壮的手将它野蛮地掰开，取出所需，其余的随手抛掉。这便是当前的市场对民间文化的破坏。那么萨满怎么办？

萨满一边仍然被视作迷信，得不到应有的在历史文化价值

上的认识，甚至还被地方官员们遮遮掩掩，担心弄不好出错；一边却有许多旅游开发商蹲在那里，对其虎视眈眈，寻得时机，一拥而上，剥下它光怪陆离的皮毛来，把萨满趣味化、粗浅化、庸俗化，最后变昧、变质、毁掉。

所以在国际萨满会议上我说：

萨满应进入学术，萨满文化应该走出学术。萨满只有走入学术，从文化的意义上加以认识，才能看到它真正的价值；同时，学者们的萨满观只有成为大众的共识，这一珍贵的遗产才会得到真正的保护，不至于被旅游业糟蹋得面目全非。当前萨满学最重要的工作仍是全面的普查与记录，而且要抢在它被旅游化之前。

为此，我们把对萨满的抢救性普查列为中国民间文化遗产抢救工程北方地区的重点，将中国萨满文化研究基地设在长春，并与国际萨满学会合作召开了这次会议。以行动实现思想。

记得年初应李小林之约，写这个名为"田野档案"的专栏时，我说要在今年有限的时间里，为《收获》的读者切下一块"生命蛋糕"。我信守诺言，却为此到了压榨自己的地步。这因

为我所从事的民间文化抢救千头万绪，拥塞我所有的时空；一边又被"零经费"逼入绝境，必须奔波四方向一位位地方的父母官们恳求援助，却往往劳而无功。这便只有作画义卖，自我支援，做起一介书生唯一能做的事。

然而，谁料此时此刻的作画与写作，竟使遏制已久的创作情感得到喷发。我感受所有挥洒的水墨都飘溢着灵性之光，一切文字都是从笔管迸发与弹射出来的，它们带着滚动在我心中发烫的激情——无论是爱还是愤怒。我与一种久违了的写作的原动力重新碰撞。我喜欢这种写作，不受技术制约，一切来自心灵的压力。附带的收获是使我将这一年多半在田野中种种珍贵的发现与思考如实地记录了下来。当然远远没有全写下来——从纳西族的"神路"到瑶族的《盘王图》，从川北年画作坊中的传人到南通民间的蓝印花布博物馆，从白沙壁画到万荣的笑话。但是我不能在稿纸上停留太久。我必须返回到田野里，因为我要做的事远远比我重要。于是——现在，我把这个储藏"田野档案"的门轻轻关上了。

2004.10

小雨入端午

今日进入端午假日，醒来很早，起身坐在我的"心居"，身闲气舒，意定神足。我这心居，不是斋号，乃是在阳台一角搭个棚屋，屋里屋外栽些花草藤蔓，屋间放置老家的绿茶、好吃的零食、有弹性的藤椅和心爱的木狮铁佛陶罐石砚等。这是一己的私人角落。平日在外边跑累了，回来坐在这里聚聚气力，抑或有什么未了的思考，便到这里舒展一下脑袋里的翅膀。

今日，我特意在那个木雕花架上挂了几件艳丽五彩的小物件——丝线粽子。这种端午特有的吉祥小品，给花架上青翠又蓬松的蜈蚣草一衬，端午的气息油然而生。其实，过这种古老的节日，不必太刻意表达什么深刻的精神内涵，随性而自然地享受一下传统情味就是了。

◇又挂出了老虎搭拉

小雨从昨晚就来到我的城市里，此刻依旧未走。雨太小，看不到零零落落的雨点，却见屋外边绿叶被雨点敲得一动一动。

眼瞧着这优美地悬垂着的丝线粽子，悠悠地想起一件相关的老事：

念小学的时候，每逢端午佳节，都是班上同学们缠丝线粽子的一次热潮。大家先用硬纸叠成小小的粽子壳，然后使五彩丝线一道道缠起来，缠的过程中不断改变颜色，最后缠成一个个五彩纷呈却各不相同的小粽子。这原本是课堂上老师教的一种节日手工，由于大家喜爱，课间休息时也缠，下课后不回家还缠。丝线粽子最大的魅力是，颜色完全任由自己搭配，所以每个人都想缠出一个既特别又好看的丝线粽子，向别人显摆。于是，弄得教室满地都是彩色线头，做卫生可就费劲了，那些花花绿绿的小线头一扫全绕在扫帚上，得使好大劲才能摘干净。

缠粽子的丝线都是同学们从家里带来的。那时代母亲们在家都做针线，各色丝线家家都有，关键看谁配色好，想法出奇。

我的班上有一个女生，叫徐又芳——那时的孩子名字都是三个字，大概与家族的字辈有关。记得她个子高，短发，衣着

153

很旧，据说她家里穷，没有好看的丝线，就从地上拾别人扔的线头来缠；可是她心细手巧，虽然拾的线头很短，但缠出的粽子反而色彩十分复杂和丰富，斑斓又精细，超过了所有的人。我向她借一个拿回家给母亲看，母亲也连连称赞说，这种缠法要每缠一道线换一个颜色，太难了。我说她的线都很短，只能缠一道，因为她的线是从地上拾的。母亲说，这孩子太可怜了，便用一个木线轴缠了各色的丝线，叫我带给她。

要命的是那时我太不懂事。丰子恺说："孩子的目光是直线的。"其实孩子的一切都是直线的。转天我到班上，把线轴给她，真心对她说："我母亲说你太可怜了，叫我把这线给你。"

我以为她会高兴，谁料她脸色立刻变得很不好看，只说了一句："我不要！"似乎很生气，转身就走，从此便不大搭理我了，一直到小学毕业各自东西；以后再没有见到她。这个带着对我的误解却无法接受我歉意的女孩如今在哪里？

我当时不明白她何以会那样气愤，后来明白了：

别人的自尊是决不能伤害的。

哪怕是不经意的伤害。伤人自尊，那会是一种很深的伤害。

这事过了差不多六十年。虽然平时不会记起，但每逢端午

悬挂丝线粽子时都会想起来。原来它深深地记在我的端午的情结里，一年一度提醒着我。

写到此处，小雨似停，天光渐明，外边的朱花碧草像洗过澡一样鲜亮。

2013.6.10

七夕·摩喝乐·仲爷

七夕那几天，我说不宜将"七夕"称作"中国情人节"，其原因是中国传统节日的主题与西方不同。西方的节日主题多为单一的，情人节就是情人们表达彼此的爱慕，母亲节就是感谢母亲的生养之恩和祝福母亲。中国传统节日却是多重的，比如清明，既有怀念先人与亡故亲友的传统，也有游春赏春迎春的内容；再比如七夕，既是对白头偕老、终生不渝爱情的尊崇，也要显示女性心灵手巧和贤惠聪颖。还有，古代的家族社会十分看重子孙传衍，同时在农耕时代，由于人工劳力之必需，女人生子更是头等大事。人们生育求子的愿望就加入到七夕的节日风俗中来了。

说到七夕求子，就要提到宋元时期的摩喝乐了。摩喝乐是

一种陶土塑制的化生孩儿的偶像。化生就是变化孳生。从本意上说，摩喝乐是一种生育的崇拜物，一种求子的象征。每到七夕，已婚的牛郎织女在天上相会，这正是人间表达祈求天助、实现求子愿望的最相宜的时刻。摩喝乐便成了人们七夕风俗的主角。

开始——也就是唐代，人们把化生孩儿刻画在泥饼上供奉，或者制成蜡孩儿，放在水面上漂浮为戏，希望天降吉祥，妇女怀孕得子。到了宋代，这一风俗愈加兴盛起来。人们开始用陶土精工细制立体的摩喝乐了。七夕这天，富裕人家都在中庭摆上雕制的楼阁，饰金装彩，把摩喝乐放置其间，表示崇敬；普通百姓也纷纷到街市购买摩喝乐，放在家中虔诚供奉。宋代很多风俗典籍如《东京梦华录》《武林旧事》《梦粱录》乃至一些诗文小说，都有生动和有趣的描写。由于摩喝乐广受民间喜爱，内容渐渐扩展，由传统的化生孩儿，到神佛偶像、世俗人物、奇花异兽、社会风情，应有尽有。然而，这种内涵的泛化，是否导致这一风俗渐渐走向消解？反正到了明清时期，民间求子和生育的崇拜，基本上都转移到山神娘娘（碧霞元君）、海神娘娘（妈祖）和送子观音身上去了。

这样，这些古老又优美的摩喝乐在人间便渐渐消失了。它体积小，多为陶土，不易久藏，故传世极少。民国年间东渡日本的我国学者傅芸子在奈良兴福寺见过一件，曾视为珍奇。此外我们从哪里还能找到它的痕迹？

近些年随着各地基建动工，摩喝乐偶有发现，然而每次发现都叫人们大开眼界，见识到这种千百年前民间雕塑之精巧，这之中也有几件被文物专家定为国宝。

令我惊喜的是，一天我身边一个酷爱古物收藏的年轻人董达峰居然捧来一大批摩喝乐。其数量之大，品相之好，做工之美，内涵之广，令我震惊。这个小董先生属于那种从爱好进入收藏的，其实从爱好比从盈利走进收藏会走得更远更深，他连与此相关的史料书籍也一概收罗起来，有的书我也没读过；正因为这样，他才会收集和聚敛到如此一大批多彩多姿的摩喝乐。这是一宗重要的文化财富。不仅实物天下少见，还由于它关系到七夕风俗的内涵与流变，于我国风俗史的研究是颇具价值的。

小董年轻，需要有人帮助，我便请来仲爷——这是天津人对地方文化大家张仲先生的尊称——对这批藏品进行分类、断代、识别，搞清之后继而做整体研究。摩喝乐是学术的冷门，

有几个人研究过摩喝乐呀！若要研究摩喝乐，需要博知广闻，以及扎实的民俗学的功底。在我的视野中，这种事唯仲爷拿得起来。于是邀来仲爷一看原物，他便神采飞扬，满口答应，好像送他一件大礼。

此后多半年后的一天，他对我说已全部整理好，我说我要在学院里做一个民间雕塑博物馆，便说待博物馆建好，将这批摩喝乐展示出来时，就把您这次对摩喝乐学术整理的成果印一本书。

然而我的事情头绪太多，常常彼此交错，但这一错竟错过仲爷！待近日动手来建民间雕塑博物馆，仲爷已去了两年。一天，在馆内陈列小董这些摩喝乐珍藏时，小董拿来当年仲爷写的手稿。这份手稿初次见到，认真读来，确实颇见功力。他的文章中对摩喝乐的由来，即从佛教的天龙八部的"摩睺罗"到观音的变相再到唐宋化生孩儿的源流嬗变的梳理，令人信服。他还认为，摩喝乐的"求子"理想，到了明清以后直接传衍的线索是天津天后宫的"娃娃哥哥"，并认为所有年画的娃娃戏（娃娃样）都与摩喝乐有着延绵未绝的文化的血缘。这对我们研究民间年画娃娃戏的精神内涵深具启示的意义。

使我震动的是，此文文尾仲爷还写了几句话，竟是写给我

◇我和老友张仲都钟情于文庙东箭道这券门上的砖雕《三星高照》

的！这几句话是："骥才：四十年前的今天，是我一家人遭受厄运的日子。我当时七十多岁的老娘，遭受到'红卫兵'的毒打，但她始终不屈服，所幸无大损伤。今晚我心里十分难过，但终于写完。谢谢。八月二十九日雨夜。"

这使我感慨万端。我想到在他完成此文之时，正是夜雨淅淅沥沥，他感物伤时，想起了悲惨的往事和早已过世的母亲，那一夜他内心一定深切地痛楚。如果他当时打个电话与我说说，我会好好宽慰他。这使我强烈地想念这位再不会回到世上的好友！同时我又想到，那一代知识分子不管生活遭遇怎样，却仍孜孜以求地致力于他钟爱的事业。因为他受益于这些美好的文化，民族不能丢掉自己的文化，他不会放弃它们，并全力为此工作。

一件件宋人精美的摩喝乐，历经千年，今天之所以还能立在我们面前，一是它的创造者，一是它的守护者和传承者。

我说过仲爷这样的人去了，他身后出现的空白是一时无法填补的。可是，这空白不能总空着，它呼唤着后世挚爱自己的文化并甘愿为它奉献的年轻人呵。

2010.8.22

进 香

——泰山旧日见闻之一

信徒的虔诚有时令人惊异莫解。精明练达往往顾虑重重，单一而偏执的虔诚却常常能创造奇迹。其实这奇迹是旁人这么看，本人未必以为是什么壮举才去做的。就像这些登上几千尺高山去进香拜佛的婆娘们——

一

登泰山者，有相当一些人是朝山拜佛的，自古如此。即便"十年动乱"间也是这样。那时，山间寺庙都闭门上锁，各处神佛塑像全给搬进山顶碧霞祠的正殿里。其中有释迦牟尼、如来、关帝、观音大士、土地爷，也有罗汉、韦驮和此地独有的岱神。

千百年来这些神佛在各自的庙堂里主事，互不相识，如今拥挤于一室，彼此陌生，又没人介绍，只好瞪着吃惊的眼睛面面相觑。可是这些上山来求佛的婆娘们却一一认得。她们进不得封闭的殿堂，就用手指尖悄悄捅开窗纸，挤着一只眼儿透过木棂，找到自己所寻求的佛爷。趁着那严厉的看管庙堂的人有事离开的当儿，赶紧拿出几根自制的草香，插在地面的砖缝里，趴下来，隔着上了黄铜大锁的庙门，给门内的诸神叩头。

这是那十年间，泰山上兴起的一种奇异的风俗。自古烧香拜佛，都得面对佛爷，哪有隔门拜佛的规矩？但门上的锁断然不能打开，虔诚的心意却锁不住、拦不断，照样能奉献到这些呆呆的佛爷跟前，虽然愚昧可笑，却显出这些无知的婆娘们的至诚之深。由此便知，世上最难约束的，乃是人心。歌儿不能唱在嘴上，依旧唱在心里；你什么也听不见，他正唱给自己听。

这叫作——无形的存在。

二

人说女人心慈，所以烧香拜佛的大都是婆娘们，尤其是些

住在山沟、远隔世事的老婆婆。到泰山拜佛的人，近自山下方圆几十里的村落，远至数百里之外的德州一带。不论远近，仅仅从山脚起始攀登，及至山顶，也得跋涉二十余里山路，又多是回绕而陡峭的石阶。偏偏寺庙大都修筑在半山之上，就使得这些七老八十的小脚老婆婆们，千辛万苦爬上峰顶。我纳闷，当初这些修庙建寺的人，怎么没人替善心的老婆婆们想一想呢？有人告诉我，这正是要考验老婆婆们的诚心。不经过这千折百回、劳其筋骨的辛苦，怎能知其真假？佛爷向来不肯轻信于人的。不管这说法是不是笑话，反正至诚不贰的老婆婆却执意这样做了，她们的虔诚与毅力不单会感动神灵，也常常感动那些不信神佛的年轻的游人，居然也跑到庙里装模作样地叩几个头。

这些老婆婆拜过佛爷，就打怀里摸出一个钱板，去到碧霞祠院内的御碑上磨一磨。据说把这钱板的边儿磨去，带回家，当中打个小孔，穿根红线绳套在孙儿的脖颈上，可以"长寿无边"。由于钱板的边儿磨去了，取其"无边"之意，其实世上的事哪有无穷无尽的，不过图个吉利罢了。

拜过佛，磨过钱，老婆婆们心满意足，便折一枝山花，慢悠悠下山来。你登泰山时，只要见到老婆婆们手执一条花枝，

◇《山间挑夫》（1998年，冯骥才作）

乐滋滋走下山，不用问，一准就是朝山拜佛的。

每逢春至，风和景明，寂寂山谷中，常有三五婆娘结成伴儿，顺着那万丈天梯般的石阶山路，慢慢腾腾往上爬，或是走下来。她们穿得干干净净，头发梳得油光乌亮，神情郑重不阿；前前后后还跟着几个小姑娘，臂弯里挎一个蓝底白花的土布包袱，里边装着衣物干粮。婆娘们手拄的竹棍木杖，敲着石磴，声调清越，与四外的松涛、泉响、鸟鸣，合成谐美悦耳的乐音。她们这红颜、白发，以及每人手中一枝鲜黄的迎春花，在郁郁幽深的谷壑中分外招眼。

她们时走时停，有时还要坐在石阶上揉一揉酸胀的小脚，喘口气，等候步履略迟的同伴；或是打开包袱，拿出锅盖大焦黄的煎饼、翡翠般的大葱和香喷喷的酱罐，用这种地道的山东乡民的粗食，填饱在劳累中耗空了的饥肠饿肚。这时，你走上去，与她们搭讪，她们准是乐于与你攀谈的。她们一边掠一掠给汗沾在颊边的鬓发，一边弯起满脸深深的皱纹，龇着零落、歪斜、发黄的牙齿，笑呵呵告诉你：去年她们上山来请佛爷赐给每人一个孙儿，并许了愿，如果佛爷真的给她们孙儿，来年准来还愿；回家不久，儿媳们竟然都有了孕，当下胖大的孙儿

早都抱在怀中。所以老婆婆们今儿特意翻山越岭还愿来了。

你听了，会被她们这质朴和虔诚所感染！你不但不会笑话老婆婆们愚昧无知，反而会敬重她们的纯真和信义。多可爱的老婆婆们！只要佛爷的话算数，她们再苦再累也不能说了不算。虔诚是圣洁美好的心境。于是，你就会诚心诚意向老婆婆们贺喜道福，让老人们满心欢喜地返回去！

三

在"文革"期间，社会空气沉闷肃杀的时候，我去泰山写生。攀过五松亭，见到松柏环抱里有一处石洞，洞口石壁凿刻三字：朝阳洞。洞内晦暗，隐隐飘出丝丝微蓝的烟缕。我猫腰钻进洞内，扑鼻而来的是一阵好闻的浓浓的烧香气味，一股庙堂的气息。透过弥漫洞中的香烟，渐渐看到洞内竖着一尊观音大士的石刻像，阴刻的线条遒劲流畅，一派静穆而慈悲的神态。洞顶乌黑，显然是给数百年来的香火熏灼所致。在这华夏文化荡涤一空的时代，居然有保存得如此完好的佛像，令我惊讶，刚要走近仔细观摩，突然呼啦啦在我身边站起几个人来。仔细

一看，原来都是中年以上的乡村妇女。身穿蓝袄黑裤，鬓边各垂乌鸦翅膀那样一片头发，不知是哪个地方的打扮。她们个个显得尴尬又紧张，好像做了什么错事那样等待我发火似的。其中一个妇女正用脚踹着什么东西。原来地上有一小撮土，上面插着几炷香，香头红亮，袅袅冒烟。她是想把香踢倒，用土掩盖。我马上明白，她们是来烧香的，并错把我当作山上大队的"造反"干部。当时到山上烧香是要给扣起来的。

我便犹豫了。我如果站在这里，她们肯定不敢烧香叩头；我如果走掉，她们便会疑心我去报告那些"造反者"来抓她们，反而会吓跑了。那么，她们千辛万苦赶到这里，只为了在佛爷面前烧几炷香，叩几个头，祈求一点安慰，充实一些希望，不就全给我扰散，快快归去吗？我将无论怎么忏悔，也无法弥补这无意中的过失。这可真是进退两难……我和这些婆娘都怔怔站着，不知所措。

忽然，一个极其聪明的办法钻进我的脑袋里。就像写作时来了灵感一样，马上就做。我上前，把地上那撮土拍好，将香插直，虽然我根本不信这些不存在的佛爷，却扑通一下跪下来给神像叩头。周围这几个婆娘先是一怔，跟着不约而同地扑跪

在地，和我一起认真地叩头作揖。叩完头站起来，我们每人膝盖上都带着两大块黄土印子，面对面，不由得咧嘴露出十分快活的笑容。

她们快活，因为她们如愿以偿；我也快活，因为我觉得自己还算聪明。这聪明使我做了一件多么好的事啊！

1984.2.16

年　意

年意一如春意或秋意，时深时浅时有时无。然而，春意是随同和风、绿色、花气和嗡嗡飞虫而来，秋意是乘载黄叶、凉雨、瑟瑟天气和凋残的风景而至，那么年意呢？

年意不像节气那样——宇宙的规律，大自然的变化，都是外加给人的……它很奇妙！比如伏天挥汗时，你去看那张传统而著名的木版年画《大过新年》，画面上风趣地描绘着大年夜合家欢聚的种种情景，你呢？最多只为这民俗的意蕴和稚拙的版味所吸引，并不被打动。但在腊月里，你再去瞅这花花绿绿的画儿，感觉竟然全变了。它变得亲切、鲜活、热烈、火爆，一下子撩起你过年的兴致。它分明给了你年意的感染。但它的年意又是哪来的呢？倘若含在画中，为何夏日里你却从中丝毫感

受不到？

年年一喝那杂米杂豆熬成的又黏又甜、味道独特的腊八粥，便朦胧地看到了年，好似彼岸那样在前面一边诱惑一边等待了。时光通过腊月这条河，一点点驶向年底。年意仿佛大地寒冬的雪意，一天天簇密和深浓。你想一想，这年意究竟是怎样不声不响却日日加深的？谁知？是从交谈中愈来愈多说到"年"这个字，是开始盘算如何购置新衣、装点房舍、筹办年货……还是你在年货市场挤来挤去时，受到了人们要把年过好那股子高涨的生活热情的传染？年货，无论是吃的、玩的、看的、使的，全都火红碧绿艳紫鲜黄，亮亮堂堂，生活好像一下子点满灯。那些年年此时都要出现的图案，一准全冒出来——松菊、蝙蝠、鹤鹿、老钱、宝马、肥猪、刘海、八仙、喜鹊、聚宝盆，谁都知道它们暗示着富贵、长寿、平安、吉利、好运与兴旺……它们把你围起来，掀动你的热望，鼓舞你的欲求，叫你不知不觉把心中的祈望也寄托其中了。祖祖辈辈不管今年的希望明年是否落空，不管老天爷的许诺是否兑现，他们照样活得这样认真、虔诚、执着与热情。唯有希望才使生活充满魅力……

当窗玻璃外冷冽的风撩动红纸吊钱敲打着窗户，或是性急

的小孩子提前零落地点响爆竹，或是邻人炖肉煮鸡的芬芳蹿入你的鼻孔时，大年将临，甚至有种逼迫感。如果此时你还欠缺几样年货未有齐备，少四头水仙或二斤大红苹果，不免会心急不安，跑到街上转来转去，无论如何也要把这必备的年货买齐。圆满过年，来年圆满。年意原来竟如此深厚、如此强劲！如果此时你身在异地，急切回家，那一列列火车被返乡度年的人满满实实挤得变了形。你生怕误车而错过大年夜的团圆，也许会不顾挨骂、撅着屁股硬爬进车窗。年意还是一种着魔发疯的情绪！

不管一年里你有多少失落与遗憾，自艾自怨，但在大年三十晚上坐在摆满年饭的桌旁，必须笑容满面。脸上无忧，来年无愁。你极力说着吉祥话和吉利话，极力让家人笑，家人也极力让你笑；你还不自觉地让心中美好的愿望膨胀起来，热乎乎填满你的心怀。哎，这时你是否感觉到，年意其实不在任何其他地方，它原本就在你的心里，也在所有人的心里。年意不过是一种生活的情感、期望和生机。而年呢？就像一盏红红的灯笼，一年一度把它迷人地照亮。

1994.2.9

守 岁

一种昔时的年俗正在渐渐离开我们，就是守岁。

守岁是老一代人记忆最深刻的年俗之一，如今发生了变化——特别是城市人，最多是等到子午交时之际给亲朋好友打个电话发个短信拜个年，然后上床入睡，完全没有守岁那种意愿、那种情怀、那种执着。

我已不记得自己哪年开始不再守岁了，却深刻记得守岁那时独有的感觉。每到腊月底就兴奋地叫着今年非要熬个通宵，一夜不睡。好像要做一件什么大事。父母笑呵呵说：好呵，只要你自己不睡着就行，绝没人强叫你睡。

记得守岁的前半夜我总是斗志昂扬，充满信心。一是大脑亢奋，一是除夕的节目多；又要祭祖拜天地，又要全家吃长长

173

的年夜饭；最关键的还是午夜时那一场有如万炮轰天的普天同庆的烟花爆竹。尽管二踢脚、雷子鞭、盒子炮大人们是决不叫我放的，但最后一个烟花——金寿星顶上的药捻儿，却一定由我勇敢地上去点燃。火光闪烁中父母年轻的笑脸现在还清晰记得。

待到燃放鞭炮的高潮过后，才算真正进入了守岁的攻坚阶段。大人们通常是聊天，打牌，吃零食，过一阵子给供桌换一束香。这时时间就像牛皮筋一样拉得愈来愈长了，瞌睡虫开始在脑袋里喷洒烟雾。

无事可做加重了困倦感，大人们便对我说笑道：可千万不能睡呀。

我一边嘴硬，一边悄悄跑到卫生间用凉水洗脸，甚至独出心裁地把肥皂水弄到眼睛里去。大人们说：用火柴棍儿把眼皮支起来吧。

年年的守岁我都不知道是怎么结束的。但睁眼醒来一定是在床上，睡在暖暖的被窝里。枕边放着一个小小的装着压岁钱的红纸包，还有一个通红、锃亮、香喷喷的大苹果。这寓示平安的红苹果是大人年夜里一准要摆在我枕边上的。一睁眼就看

到平安。

我承认，在我的童年里，年年都是守岁的失败者，从来没有一次从长夜守到天明。

故而初一见到大人时，总不免有些尴尬，尤其是想到头一天信誓旦旦要"今夜决不睡"之类的话。当然，我也会留意大人们的样子，令我惊奇的是：他们怎么就能熬过那漫长一夜？

其实很简单，因为他们知道为什么守夜。可是守夜的道理并不简单。

后来我对守岁的理解，源自一个词："辞旧迎新"。而首先是"辞"字。

辞，是分手时打声招呼。

和谁打招呼，难道是对即将离去的一年吗？

古人对这一年缘何像对待一位友人？

这一年仅仅是一段不再有用的时间吗？那么新的一年大把大把可供使用的时间呢？又是谁赐予我们的？是天地，是命运，还是生命本身？任何有生命的事物不都是它首先拥有时间吗？

可是，时间是种奇妙的东西。你什么也不做，它也在走；而且它过往不复，无法停住，所以古人说"黄金易得，韶光难

留"。也许我们平时不曾感受时间的意义。但在这旧的一年将尽的、愈来愈少的时间里——也就是坐在这儿守岁的时刻里，却十分具体又真切地感受到时光的有限与匆匆？它在一寸一寸地减少。在过去一岁中，不管幸运与不幸，不管"喜从天降"还是留下无奈、委屈与错失——它们都已成为我们生命的一部分。在它即将离我们而去时，我们便有些依依不舍。所以古人要"守"着它。

守岁其实是看守住属于自己的时间与生命，表达着我们的生命情感。

然而，守岁这一夜非比寻常。它是"一夜连两岁，五更分二年"。因而，我们的古人便是一边辞旧，一边迎新。以"辞"告别旧岁，以"迎"笑容满面迎接生命新的一段时光的到来。新的一年是未知的，不免小心翼翼。古人过年要通宵点灯，为了不叫邪气暗中袭入；还在年画上所有形象都画上笑眼笑口，以寓吉祥。由于对未来的这种盛情，所以正月初一破晓"迎财神"的鞭炮更加欢腾。

于是，我们的年俗就这样完成了岁月的转换，以"辞"和"迎"表达对生命的敬畏，以长长的守夜与天地一年一度的"天

◇逢到过年，带着小孙女给祖先拜一拜

人合一"。

我们和洋人的文化真有些不同。洋人对新年只有狂欢，我们的心理似乎复杂得多，其情其意也深切得多。可是我们正在一点点离开这些。

这到底是因为农耕文明离我们愈来愈远，还是人类愈来愈强势，无须在乎大自然了？

守岁渐行渐远。当然，我们不必为守岁而勉强守岁。民俗是一种集体的心愿，没有强迫。只盼我们守着这点对大自然和生命的敬畏吧。

2013.1.30

逛娘娘宫

一

那时，像我们这些生长在天津的男孩子，只要听大人们一提到娘娘宫，心里仿佛有只小手抓得怪痒痒的。尤其大年前夕，娘娘宫一带是本地的年货市场，千家万户预备过年用的什么炮儿啦、灯儿啦、画儿啦、糕儿啦等，差不多都是从那里买到的。我猜想这些东西在那里准堆成一座座花花绿绿的小山似的。我多么盼望能去娘娘宫玩一玩！但一直没人带我去，大概那时我家好歹算个富户，不便出没于这种平民百姓的集聚之地。我有个姑表哥，他爸爸早殁，妈妈有疯病，日子穷窘；他是个独眼——别看他独眼，他反而挺自在。他那仅剩下单独一只的、

又小又细、用来看世界的右眼，却比我的一双黑黑的、正常的大眼睛视野更广，福气更大，行动也更自由——像什么钓鱼逮蟹、到鸟市上听说书、捅棋、买小摊上便宜又好玩的糖稀吃等等，他样样能做，我却不能。对于世上的快乐与苦恼，大人和孩子的标准往往不同。大人们是属于社会的，孩子们则属于大自然，这些话不必多说，就说我这独眼表哥吧！他不止一次去过娘娘宫，听他描绘娘娘宫的情景，看耍猴呀，抖空竹呀，逛炮市呀等，再加上他口沫横飞、扬扬得意的神气，我都真有私逃出家、随他去一趟的念头。此刻饭菜不香、糖不甜，手边的玩具顷刻变得索然无味了。我妈妈立刻猜到我的心事，笑眯眯对我说："又惦着逛娘娘宫了吧！"

说也怪，我任何心事她都知道。

二

我的妈妈是我的奶妈。

我娘生下我时，没有奶，便坐着胶皮车到估衣街的老妈店去找奶妈。我这奶妈是武清县落垡人，刚生过孩子，乡下连年

闹灾荒没钱花，她就撇下自己正吃奶的孩子，下到天津卫来做奶妈。我娘一眼就瞧上了她，因为她在一群待用的奶妈中十分惹眼，个子高大，人又壮实，一双大脚，黑里透红、亮光光的一张脸，看上去"像个男人"，很健康——这些情形都是后来听大人们说的。据说她的奶很足，我今天能长成个一米九〇的大汉，大概就是受了她奶汁育养之故。

她姓赵。我小名叫"大弟"。依照天津此地的习惯，人们都叫她"大弟妈"。我叫她"妈妈"。

在我依稀还记得的童年的那些往事中，不知为什么，对她的印象要算最深了。几乎一闭眼，她那样子就能穿过厚厚的岁月的浓雾，清晰地显现在眼前。她是个尖头顶、扁长的大嘴、一头又黑又密的头发的女人，每天早上都对着一面又小又圆的水银镜子，把头发放开，篦过之后，涂上好闻的刨花油，再重新绾到后颈，卷成一个乌黑油亮、像个大烧饼似的大抓髻，外边套上黑线网；只在两鬓各留一绺头发，垂在耳前。这是河北武清那边妇女习惯的发型。她的脸可真黑，嘴唇发白，而且在脸色的对比下显得分外地白。大概这是她爱喝醋的缘故。人们都说醋吃多了，就会脸黑唇白。她可真能喝醋！每吃饭，必喝

181

一大碗醋，有时菜也不吃，一碗饭加一碗醋，吃得又香又快。她为什么这样爱喝醋呢？有一次，我见她吃喝正香，嘴唇咂咂直响，不觉嘴里发馋，非向她要醋喝不可，她把醋碗递给我，叫我抿一小口，我却像她那样喝了一大口。天哪！真是酸死我了。从此，我一看她吃饭，听到她吮咂着唇上醋汁的声音，立即觉得两腮都收紧了。

再有，便是她上楼的脚步异乎寻常地轻快。她带着我住在三楼的顶间，每天楼上楼下不知要跑多少趟，很少歇息，似有无穷精力。如果她下楼去拿点什么，几乎一转眼就回到楼上。直到现在，我还没有遇见过第二个人把上下楼全然不当作一回事呢。

那时，我并不常见自己的父母。他们整天忙于应酬，常常在外串门吃饭。只是在晚间回来时，偶尔招呼她把我抱下楼看看，逗逗，玩玩，再给她抱上楼。我自生来日日夜夜都是跟随着她。据说，本来她打算等我断了奶，就回乡下去。但她一直没有回去，只是年年秋后回去看看，住上十天半个月就回来。每次回来都给我带一些使我醉心的东西，像装在草棍编的小笼子里的蝈蝈啦，金黄色的小葫芦啦，村上卖的花脸和用麻秆做

182

柄的大刀啦……她一走，我就哭，整天想她。她呢？每次都是提前赶回来，好像她的家不在乡下，而在我家这里。在我那冥顽无知稚气的脑袋里，哪里想得到她留在我家，全然是为了我。

我在家排行第三，上边是两个姐姐。我却算作长子。每当我和姐姐们发生争执时，她总是明显地、气啾啾地偏袒于我。有人说她"以为照看人家的长子就神气了"，或者说她这样做是"为了巴结主户"。她不以为然，我更不懂得这种家庭间无聊的闲话。我是在她怀抱里长大的。她把我当作自己亲生孩子那样疼爱，甚至溺爱；我从她身上感受到的气息反比自己的生母更为亲切。

每每夏日夜晚，她就斜卧在我身旁，脱了外边的褂子，露出一个大红布的绣着彩色的花朵和叶子的三角形兜肚儿，上端有一条银亮的链子挂在颈上。这时她便给我讲起故事来，像什么《傻子学话》《狼吃小孩》《烧火丫头杨排风》，等等。这些故事不知讲了多少遍，不知为什么每听起来依然津津有味。她一边讲，一边慢慢摇着一把大蒲扇，把风儿一下一下地凉凉快快扇在我身上。伏天里，她常常这样扇一夜，直到我早晨醒来，见她眼睛困倦难张，手里攥着蒲扇，下意识地，一歪一斜地、

停停住住地摇着……

如果没有下边的事，对于一个八岁的孩子，所能记下的某一个人的事情也只有这些了。但下边的事使我记得更清楚，始终忘不了。

一年的年根底下，厨房一角的灶王龛里早就点亮香烛，供上又甜又脆、粘着绿色蜡纸叶子的糖瓜。这时，大年穿戴的新装全都试过，房子也打扫过了，玻璃擦得好像都看不见了。里里外外，亮亮堂堂。大门口贴上一副印着披甲戴盔、横眉立目的古代大将的画纸。妈妈告诉我那是"门神"，有他俩把住大门，大鬼小鬼进不来。楼里所有的门板上贴上"福"字，连垃圾箱和水缸也都贴了，不过是倒着贴的，借着"到"和"倒"的谐音，以示"福气到了"之意。这期间，楼梯底下摆一口大缸，我和姐姐偷偷掀开盖儿一看，全是白面的馒头、糖三角、豆馅包和枣卷儿，上边用大料蘸着品红色点个花儿，再有便是左邻右舍用大锅烧炖年菜的香味，不知从哪里一阵阵悄悄飞来，钻入鼻孔；还有些性急的孩子等不及大年来到，就提早放起鞭炮来。一年一度迷人的年意，使人又一次深深地又畅快地感到了。

独眼表哥来了。他刚去过娘娘宫，带来一包俗名叫"地耗子"的土烟火送给我。这种"地耗子"只要点着，就"哧哧"地满地飞转，弄不好会钻进袖筒里去。他告诉我这"地耗子"在娘娘宫的炮市上不过是寻常之物，据说那儿的鞭炮烟火至少有上百种。我听了，再也止不住要去娘娘宫一看的愿望，便去磨我的妈妈。

我推开门，谁料她正撩起衣角抹泪。她每次回乡下之前都这样抹泪，难道她要回乡下去？不对，她每次总是大秋过后才回去呀！

她一看见我，忙用手背抹干眼角，抽抽鼻子，露出笑容，说："大弟，我告诉你一件让你高兴的事。"

"什么事？"

"明儿一早，我带你去逛娘娘宫！"

"真的?！"心里渴望的事突然来到眼前，反叫我吃惊地倒退两步，"我娘叫我去吗？"

"叫你去！"她眯着笑眼说，"我刚对你娘打了保票，保险丢不了你，你娘答应了。"

我一下子扑进她的怀抱。这怀抱里有股多么温暖、多么熟

悉的气息呵！就像我家当院的几株老槐树的气味，无论在外边跑了多么久，多么远，只要一闻到它的气味，就立即感到自己回到最亲切的家中来了。

可这时，我感到有什么东西"啪、啪"落在我背上，还有一滴落在我后颈上，像大雨点儿，却是热的。我惊奇地仰起面孔，但见她泪湿满面。她哭了！她干吗要哭？我一问，她哭得更厉害了。

"孩子，妈今年不能跟你过年了。妈妈乡下有个爷儿们，你懂吗？就像你爸和你娘一样。他害了眼病，快瞎了，我得回去。明儿早晌咱去娘娘宫，后晌我就走了。"

我仿佛头一次知道她乡下还有一些与她亲近的人。

"瞎了眼，不就像独眼表哥了？"我问。

"傻孩子，要是那样，他还有一只好眼呢！就怕两眼全瞎了。妈就……"她的话说不下去了。

我也哭起来。我这次哭，比她每次回乡下前哭得都凶，好像感知到她此去就不再来了。

我哭得那么伤心、委屈、难过，同时忽又想到明儿要去逛娘娘宫，心里又翻出一个甜甜的小浪头。谁知我此时此刻心里

是股子什么滋味?

三

　　我们一进娘娘宫以北的宫北大街，就像两只小船被卷入来来往往的、颇有劲势的人流里，只能看见无数人的前胸和后背。我心里有点紧张，怕被挤散，才要拉紧妈妈的手，却感到自己的小手被她的大手紧紧握着了。人声嘈杂得很，各种声音分辨不清，只有小贩们富于诱惑的吆喝声，像鸟儿叫一样，一声声高出众人嗡嗡杂乱的声音之上，从大街两旁传来:

　　"易德元的吊钱呵，眼看要抢完了，还有五张!"

　　"哪位要皇历，今年的皇历可是套片精印的，整本道林纸。哎，看看节气，找个黄道吉日，家家缺不了它呵!"

　　"哎、哎、哎，买大枣，一口一个吃不了……"

　　但什么也瞧不见，人们都是前胸贴着后背，偶有人缝，便花花绿绿闪一下，逗得我眼睛发亮。忽然，迎面一人手里提着一个五彩缤纷的盒子，盒子上印着两个胖胖的人儿，笑嘻嘻挤在一起，煞是有趣，可是没等我细瞧，那人却往斜刺里去了。

◇天后宫即北方的妈祖庙。中国沿海地区多信仰妈祖。天津的天后宫建于元代
　泰定三年（1326）。这里也是津门民俗文化的中心

跟着听到一声粗鲁的喝叫："瞧着！"我便撞在一个软软的、热乎乎的、鼓鼓囊囊的东西上。原来是一个人的大肚子。这人袒敞着棉袄，肚子鼓得好大，以至于我抬头看不见他的脸。这时，只听到妈妈的怨怪声："你这么大人，怎么瞧不见孩子呢，快，别挤着孩子呀！"

那人嘟囔几声什么。说也好笑，我几乎在他肚子下边，他怎么看得见我？这时，只觉得这人在我前面左挪右挪，大肚子热烘烘蹭着我的鼻尖，随后像一个软软的大肉桶，从我右边滑过去了。我感到一阵轻松畅快，就在这一瞬，对面又来了一个老头，把一个大金鱼灯举过头顶；这条大金鱼通身鲜红透明，尾巴翘起，伸着须，眼睛是两个亮晃晃、又圆又鼓的大金球儿……

"妈妈，你看……"我叫着。

妈妈扭头，大金鱼灯却不见了。

又是无数人的前胸和后背。

我真担心娘娘宫里也是如此，那就什么也看不见了。

"妈妈，我要看，我什么也瞧不见哪！"

"好！我抱你到上边瞧！"

妈妈说着，把我抱起来往横处挤了几步，摺在一个高高的

地方。呀！我真又惊又喜，还有点傻了！好像突然给举到云端，看见了一个无法形容的、灿烂辉煌、热闹非凡的世界。我首先看到的是身前不远的地方有两根旗杆，高大无比，尖头简直碰到天。我对面是一座戏台，上边正在敲锣打鼓，唱戏的人正起劲儿地叫着，台下一片人头攒动。我再扭身一看，身后竟是一座美丽的大庙。在这中间，满是罩棚、满是小摊、满是人。各种新奇的东西和新奇的景象，一下子闯进眼帘，我好像什么也看不清了。在这之后，我才明白自己站在庙前一个石头砌的高台上……

"妈妈，妈，这就是娘娘宫吗?"我叫着。

"可不是嘛!"妈妈笑眯眯地说。每逢我高兴之时，她总是这样心花怒放地笑着。她说："大弟，你能在这儿站着别动吗?妈到对面买点东西。那儿太挤，你不能去。你可千万别离开这儿。妈去去就来。"

我再三答应后，她才去。我看着她挤进一家绒花店。

这时，我才得以看清宫门前的全貌。从我们走来的宫北大街，经过这庙前，直奔宫南大街，千千万万小脑袋蠕动着，街的两旁全是店铺，张灯结彩，悬挂着五色大旗，写着"大年减

价""新年连市"等等字样，一直歪歪斜斜、蜿蜒地伸向锅店街那边，好像一条巨大的鳞光闪闪的巨蟒，在地上，慢慢摇动它笨拙的身躯，真是好看极了。我禁不住双腿一蹦一蹦，拍起手来。

"当心掉下来！"有人说着并抓住我的腰。

原来妈妈来了，她喜笑颜开，手里拿着一个方方的花纸盒，鬓上插着一朵红绒花。这花儿如此艳丽，映着她的脸，使她显得喜气洋洋，我感到她从来没有像今天这样好看。

"妈，你好看极了！"

"胡说！"妈羞笑着说，"快下来，咱们到娘娘宫里去看看。"

我随她跨进了多年梦思夜想的娘娘宫。心里还掠过一种自豪与得意之情，心想，回头我也能像独眼表哥那样对别人讲讲娘娘宫的事了。而我的姐姐们还没有我今天这种好福气呢！

庙里好热闹，楼宇一处连一处，香烟缭绕，到处是棚摊。这宫院里和外边一样，也成了年货集市。小贩、香客、游人挤成一团，各式各样的神仙图画挂满院墙，连几株老树上也挂得满满的。

一束束红蓝黄绿的气球高过人头，在些许的微风里摇颤着，

四

大庙里的气氛真是神秘、奇异、可怖。那气氛是只有庙堂里才有的。到处黑洞洞的，到处又闪着辉煌的亮光；到处是人，到处是神。一处处庙堂，一尊尊佛像，有的像活人，有的像假人，有的逗人发笑，有的瞪眼吓人，有的莫名其妙。妈妈在我耳边轻轻告诉我，哪个是娘娘，哪个是四大门神，哪个是关帝，还有雷公、火神、疙疸刘爷、傻哥和张仙爷。给我印象最突出的要算这张仙爷了。他身穿蓝袍，长须飘拂，张弓搭箭，斜向屋角，既威武又洒脱。妈妈告诉我，民人住宅常有天狗从烟囱钻进来，兴妖作怪，残害幼儿。张仙爷专除天狗，见了天狗钻进民宅就将弓箭射去，以保护孩童。故此，人都称他为"射天狗的张仙爷"……

在我不自觉地望着这护佑儿童们的泥神时，妈妈向一个人问了几句话，就领着我穿过两重热闹闹的小院，走到一座庙堂前。她在门口花了几个小钱买了一把香，便走进去。里边一团漆黑，烟雾弥漫，香的气味极浓。除去到处亮着的忽闪忽闪的烛火，别的什么都看不见。我才要向前迈步，妈妈忽把我拉住，

我才发现眼前有几个人跪伏着，随后脑袋一抬，上身直立，跟着又俯身叩首做拜伏状。这些人身前是张条案，案上供具陈列，一尊乌黑的生铁香炉插满香，香灰撒落四边，四座烛台都快给烛油包上了……就在这时，从条案后的黑黝黝的空间里，透现出一个胖胖的、端庄的、安详的妇女的面孔。珠冠绣衣，粉面朱唇，艳美极了。缭绕的烟缕使她的面孔忽隐忽现，跳动的烛光似乎使她的表情不断变化着，忽而严肃，忽而慈爱，忽而冷峻，忽而微笑。她是谁？如何这样妄自尊崇，接受众人的叩拜？我想到这儿时，已然发现她也是一尊泥塑彩画的神像。为什么许多人要给这泥人烧香叩头呢？我拉拉妈妈的衣袖，想对她说话，她却不搭理我。我抬头看她时，只见妈妈脸上郑重又虔诚，一双眼呆呆的，散发出一种迟缓又顺从的光来。我真不懂妈妈何以做出如此怪异的神情。但不知为什么，我忽然不敢出声，不敢随意动作，一股庄重不阿的气氛牢牢束缚住我。心里升起一种从未有过的敬畏的感觉，不觉悄悄躲到妈妈的身后。

在条案一旁，立着一个老头，松形鹤骨，神情肃穆，穿黄袍子。我一直以为也是个泥人。此刻他却走到妈妈身前，把妈妈手里的香接过去，引烛火点着，插在香炉内。这时妈妈也像

左右的人那样屈腿伏身，叩头作揖。只剩下我直僵僵地站着。这当儿，一个新发现竟使我吓得缩起脖子：原来条案后那泥神身上满是眼睛，总有几十只，只只眼睛都比鞋子还大，眼白极白，眼球乌黑，横横竖竖，好像都在瞧着我。我一惊之下，忙蹲下来，躲在妈妈背后，双手捂住了脸。后来妈妈起了身，拉着我走出这吓人的庙堂。我便问："妈妈，那泥人怎么浑身都是眼睛呀！"

"哎哟，别胡扯，那是千眼娘娘，专管人得眼病的。"

我听了依然莫解，但想到妈妈给她叩头，是为了她丈夫的病吧！我又想发问，却没问出来，因为她那满是浅细皱纹的眼皮中间似乎含着泪水。我之所以没再问她，是因为不愿意勾起她心中的烦恼和忧愁，还是怕她眼里含着的泪流出来，现在很难再回想得清楚，谁能弄清楚自己儿时的心理？

五

在宫南大街，我们又卷在喧闹的人流中。声音愈吵，人们就愈要提高嗓门，声音反倒愈响。其实如果大家都安静下来，

小声讲话，便能节省许多气力，但此时、此刻、此地谁又能压抑年意在心头上猛烈的骚动？

宫南大街比宫北大街更繁华，店铺挨着店铺，罩棚连着罩棚，五行八作，无所不有。最有趣的是年画店，画儿贴满四壁，标上号码，五彩缤纷，简直看不过来。还有一家画店，在门前放着一张桌，桌面上码着几尺高的年画，有两个人，把这些画儿一样样地拿给人们看，一边还说些为了招徕主顾而逗人发笑的话，更叫人好笑的是这两个人，一般高，穿着一样的青布棉袍，驼色毡帽，只是一胖一瘦，一个难看，一个顺眼，很像一对说相声的。我爱看的《一百单八将》《百子闹学》《屎壳郎堆粪球》等等这里都有。

由此再往南去，行人渐少，地势也见宽阔。沿街多是些小摊，更有可怜的，只在地上放一块方形的布，摆着一些吊钱、窗花、财神图、全神图、彩蛋、花糕模子、八宝糖盒等零碎小物。这些东西我早都从妈妈嘴里听到过，因此我都能认得。还有些小货车，放着日用的小百货，什么镜儿、膏儿、粉儿、油儿的。上边都横竖几根杆子，拴着女孩子们扎辫子用的彩带子，随风飘摇，很是好看；还有的竖立一根粗粗的麻秆儿，上面插

满各样的绒花，围在这小车边的多是些妇女和姑娘们。在这中间，有一个卖字的老人的表演使我入了迷。一张小木桌，桌上一块大紫石砚，一把旧笔，一捆红纸，还立着一块小木牌，写着"鬻字"。这老人瘦如干柴，穿一件土黄棉袍，皱皱巴巴，活像一棵老人参。天冷人老，他捉着一支大笔，跷起的小拇指微微颤抖。但笔道横平竖直，宛如刀切一般。四边闲着的人都怔着，没人要买。老人忽然左手也抓起一支大笔，蘸了墨，两手竟然同时写一副对联。两手写的字却各不相同。字儿虽然没有单手写得好，观者反而惊呼起来，争相购买。

看过之后，我伸手一拉妈妈："走！"

她却摆胳膊。

"走——"我又一拉她。

"哎，你这孩子怎么总拉人哪?!"

一个陌生的爱挑剔的女人尖厉的声音传来。我抬头一看，原来是一个矮小的黄脸女人，怀里抱着一篓鲜果。她不是妈妈！我认错人了！妈妈在哪儿？我慌忙四下一看，到处都是生人，竟然不见她了！我忙往回走。

"妈妈，妈妈……"我急急慌慌地喊，却听不见回答，只觉

得自己喉咙哽咽，喊不出声来，急得要哭了。

就在这当口，忽听"大弟"一声。这声简直是肝肠欲裂、失魂落魄的呼喊。随后，从左边人群中钻出一个人来，正是妈妈。她张大嘴，睁大眼，鬓边那两绺头发直条条耷拉着，显出狼狈与惊恐的神色。她一看见我，却站住了，双腿微微弯曲下来，仿佛要跌在地上。手里那绒花盒儿也捏瘪了。然后，她一下子扑上来把我紧紧抱住，仿佛从五脏里呼出一声：

"我的爷爷，你是不想叫我活了！"

这声音，我现在回想起来还那样清晰。

我终于看见了炮市，它在宫南大街横着的一条胡同里。胡同中有几十个摊儿，这摊儿简直是一个个炮堆。"双响"都是一百个盘成一盘。最大的五百个一盘，像个圆桌面一般大。单说此地人最熟悉的烟火——金人儿，就有十来种。大多是鼓脑门、穿袍拄杖的老寿星，药捻儿在脑顶上。这里的金人高可齐腰，小如拇指。这些炮摊的幌子都是用长长的竹竿挑得高高的一挂挂鞭炮。其中一个大摊，用一根杯口粗的竹竿挑着一挂雷子鞭，这挂大鞭有七八尺，下端几乎擦地，把那竹竿压成弓形。上边

粘着一张红纸条，写了"足数万头"四个大字。这是我至今见到的最威风的一挂鞭。不知怎样的人家才能买得起这挂鞭。

为了防止火灾，炮市上绝对不准放炮。故此，这里反而比较清静，再加上这条胡同是南北方向，冬日的朔风呼呼吹过，顿感身凉。像我这样大小的男孩子们见了炮都会像中了魔一样，何况面对着如此壮观的鞭炮的世界，即使冻成冰棍也不肯看几眼就离开的。

"掌柜的，就给我们拿一把'双响'吧！"妈妈和那卖炮的说起话来，"多少钱？"

妈妈给我买炮了。我多么高兴！

我只见她从怀里摸出一个旧手巾包，打开这包儿，又是一个小手绢包儿，手绢包里还有一个快要磨破了的毛头纸包儿，再打开，便是不多的几张票子，几枚铜币。她从这可怜巴巴的一点钱中拿出一部分，交给那卖炮的，冷风吹得她的鬓发扑扑地飘。当她把那把"双响"买来塞到我手中时，我感到这把炮像铁制的一般沉重。

"好吗？孩子！"她笑眯眯着眼对我说，似乎在等着我高兴的表示。

本来我应该是高兴的，此刻却是另一种硬装出来的高兴。但我看得出，我这高兴的表示使她得到了多么大的满足啊！

六

我就是这样有生以来第一次、令人难忘地逛过了娘娘宫。那天回到家，急着向娘、姐姐和家中其他人，一遍又一遍讲述在娘娘宫的见闻，直说得嘴巴酸疼，待吃过饭，精神就支撑不住，歪在床上，手里抱着妈妈给买的那把"双响"和空竹香香甜甜地睡了。迷迷瞪瞪间觉得有人拍我的肩头，擦眼一看，妈妈站在床前，头发梳得光光，身上穿一件平日用屁股压得平平的新蓝布罩衫，臂肘间挎着一个印花的土布小包袱，她的眼睛通红，好像刚哭过，此刻却笑眯着眼看我。原来她要走了！屋里的光线已经变暗了。我这一觉睡得好长啊，几乎错过了与她告别的时刻。

我扯着她的衣襟，送她到了当院。她就要去了，我心里好像塞着一团委屈似的，待她一要走，我就像大河决口一般，索性大哭出来。家里人都来劝我，一边向妈妈打手势，叫她乘机

快走，妈妈却抽抽噎噎地对我说：

"妈妈给你买的'双响'呢？你拿一个来，妈妈给你放一个；崩崩邪气，过个好年……"

我拿一个"双响"给她。她把这"双响"放在地上。然后从怀里摸出一盒火柴划着火去点药捻。院里风大，火柴一着就灭，她便划着火柴，双手拢着火苗，凑上前，猫下腰去点药捻。哪知这药捻着得这么快。不知是谁叫了一声"当心"，这话音才落，通！通！连着两响，烟腾火苗间，妈妈不及躲闪，炮就打在了她脸上。她双手紧紧捂住脸。大家吓坏了，以为她炸了眼睛。她慢慢直起身，放下双手，所幸的是没炸坏眼，却把前额崩得一大块黑。我哭了起来。

妈妈拿出块帕子抹抹前额，黑烟抹净，却已鼓出一个栗子大小的硬疙瘩。家里人忙拿来"万金油"给她涂在疙瘩处，那疙瘩便越发显得亮而明显了。妈妈眯着笑眼对我说：

"别哭，孩子，这一下，妈妈身上的晦气也给崩跑了！"

我看得出这是一种勉强的、苦味的笑。

她就这样去了。挎着那小土布包袱、顶着那栗子大小的鼓鼓的疙瘩去了。多年来，这疙瘩一直留在我心上，一想就心疼，

挖也挖不掉。

她说她"过了年就回来"，但这一去就没再来。听说她丈夫瞎了双眼，她再不能出来做事了。从此，一面也不得见，音讯也渐渐寥寥。我十五岁那年，正是大年三十，外边鞭炮正响得热闹，屋里却到处能闻到火药燃烧后的香味。家里人忽叫我到院里看一件东西。我打着灯笼去看，挨着院墙根放着一个荆条编的小笫筐。家里人告诉我，这是我妈妈托人从乡下捎给我的。我听了，心儿陡然地跳快了，忙打开筐盖，用灯一照，原来是个又白又肥的大猪头，两扇大耳，粗粗的鼻子，脑门上点了一个枣儿大的红点儿，可爱极了……看到这里，我不觉抬起头来，仰望着在万家灯火的辉映中反而显得黯淡了的寒空，心儿好像一下子从身上飞走，飞啊，飞啊，飞到我那遥远的乡下的老妈妈的身边，扑在她那温暖的怀中，叫着："妈妈，妈妈，你可好吗？"

1981.4.25 天津

年 夜 思

民间有些话真是意味无穷，比如"大年根儿"。一年的日子即将用尽，就好比一棵树，最后只剩一点根儿——每每说到这话的时候，便会感受到岁月的空寥，还有岁月的深浓。我总会去想，人生的年华，到底是过一天少一天，还是过一天多一天？

今年算冷够劲儿了。绝迹多年的雪挂与冰柱也都奇迹般地出现。据说近些年温温吞吞的暖冬是厄尔尼诺之所为；而今年大地这迷人的银装素裹则归功于拉尼娜。听起来，拉尼娜像是女性的称呼，厄尔尼诺却似男性的名字。看来，女性比起男性总是风情万种。在这久违的大雪里，没有污垢与阴影，夜空被照得发亮，那些点灯的窗子充满金色而幽深的温暖。只有在这种浓密的大雪中的年，才更有情味。中国人的年是红色的，与

喜事同一颜色。人间的红和大自然的银白相配，是年的标准色。那飞雪中飘舞的红吊钱，被灯笼的光映红了的雪，还有雪地上一片片分外鲜红的鞭炮碎屑，深深嵌入我们儿时对年的情感里。

旧时的年夜主要是三个节目。一是吃年饭，一是子午交接时燃放烟花爆竹，一是熬夜。儿时的我，首先热衷的自然是鞭炮。那时我住在旧英租界的大理道。鞭炮都是父亲遣人到宫北大街的炮市上去买，用三轮运回家。我怀里抱着那种心爱的彩色封皮的"炮打双灯"，自然瞧不见打扮得花枝招展而得意扬扬的姐姐和妹妹们。至于熬夜，年年都是信誓旦旦，说非要熬到天明，结果年年都是在噼噼啪啪的鞭炮声里，不胜困乏，眼皮打架，连怎么躺下、脱鞋和脱衣也不知道。早晨睁眼，一个通红的大苹果就在眼前，由于太近而显得特别大。那是老时候的例儿，据说年夜里放个苹果在孩子枕边，可以保平安。

在儿时，我从来没把年夜饭看得特别非凡。只以为那顿饭菜不过更丰盛些罢了。可是轮到我自己成人又成家，身陷生活与社会的重围里，年饭就渐渐变得格外地重要了。

每到年根儿，主要的事就是张罗这顿年饭。七十年代的店铺还没有市场观念。卖主是上帝。冻鸡冻鸭以及猪头都扔在店

门外的地上。猪的"后座"是用铡刀切着卖；冻成大方坨子的带鱼要在马路上摔开。做年饭的第一项大工程，是要费很大的力气把这些带着原始气息的荤腥整理出来。记忆中的年饭是一碗炖肉，两碟炒菜，还有炸花生、松花蛋、凉拌海蜇和妻子拿手的辣黄瓜皮——当然，每样都是一点。此外还有一样必不可少的，那是一只我们宁波人特有的红烧鸭子，但在七十年代吃这种鸭子未免奢侈，每年只能在年饭中吃到一次。这样一顿年饭，在当时可以说达到了生活的极致。几千年来，中国人的年饭一直是中国社会经济状况的最真实的上限的"水位"。我说的中国人当然是指普通百姓，绝不是官宦人家。年的珍贵，往往就是因为人们把对生活的企望实现在此时的饭桌上。那些岁月，年就是人生中一年一度用尽全力实现出来的生活的理想呵！平日里把现实理想化，过年时把理想现实化。这是中国人对年的一个伟大的创造。

然而，这年饭还有更深的意义。由于年饭是团圆饭。就是这顿年饭，召唤着天南海北的家庭成员，一年一次地聚在一起。为了重温昨日在一起时的欢乐，还是相互祝愿在海角天涯都能前程无碍和人寿年丰？此刻杯中的酒，碗里的菜，都是添加的

一种甜蜜蜜的黏合剂罢了。那时，父亲在世，年年都去他家，钻进他的阴暗的小屋，陪他吃年饭。他那时挨整。每天的惩罚是打扫十三个厕所，冬天里便池结冰，就要动手去清理。据说"打扫厕所就是打扫自己脑袋里的思想"。于是我们的年饭就有了另一层意愿——叫他暂时忘了现实！可是我们很难使他开心地笑起来。有时一笑，好似痉挛，反倒不如不笑为好。父亲这奇特而痛苦的表情就被我收藏在关于年的记忆中。每年的年夜都会拿出来看一看。

旧时中国人的年，总是要请诸神下界。那无非是人生太苦，想请神仙们帮一帮人间的忙。但人们真的相信有哪位神仙会伸手帮一下吗？中国人在长期封建桎梏中的生存方式是麻痹自己。1967年我给我那时居住的八平方米的小屋起名字叫宽斋。宽是心宽，这是对自己的一种宽慰；宽也是从宽，这是对那个残酷的时代的一种可怜的痴望。但起了这名字之后我的一段生活反倒像被钳子死死钳住了一样。记得那年午夜放炮时，炸伤了右手的虎口，以致很长时候不能握笔。

我有时奇怪。像旧时的年，不过吃一点肉，放几个炮。但人们过年怎么会有这么大的劲头？那时没有电视春节晚会，没

有新春音乐会和新商品展销，更没有全家福大餐。可是今天有了这一切，为什么竟埋怨年味太淡？我们怀念往日的年味，可是如果真的按照那种方式过一次年，一定会觉得它更加空洞乏味了吧！

我想，这是不是因为我们一直误解了年？

我们总以为年是大吃大喝。这种认识的反面便是，有吃有喝之后，年就没什么了。其实，吃喝只是一种载体，更重要的是年赋予它的意义。比如吃年饭时的团圆感、亲情、孝心，以及对美好未来的希冀与祝愿。正为此，愈是缺憾的时候，渴望才来得更加强烈。年是被一种渴望撑大的。那么，年到底是精神的，还是物质的？当然，它首先是精神的！它绝不是民族一年一度的服装节与食品节，而是我们民族一年一度的生活情感的大爆发，是以家庭为单位的大团聚，是现实梦想的大表现。正因为这样，年由来已久，年永世不绝。只要我们把对生活的向往与追求紧拥不弃，年的灯笼就一定会在大年根儿红红地照亮。

写到此处，忽有激情迸发，奔涌笔端，急忙展纸，挥笔成句，曰：

玉兔已乘百年去，

青龙又驾千岁来；

风光铺满前程地，

鲜花随我一路开。

一时写得水墨淋漓，锋毫飞扬，屋内灯烛正明，窗外白雪倍儿亮。心无块垒，胸襟浩荡是也。

庚辰春节于津门醒夜轩

过 年 和 辟 邪

每到年根底下，有两种心理从中国人的心中油然而生：一曰祈福，一曰辟邪。这心理随着年意日深，愈加浓郁地散布在年的行为和年的装点中。其实，年俗的意蕴，无非就是祈福与辟邪这两个内容。为此，民间年画中的门神便分为两种：一是手执兵器以辟邪的武门神，一是托举财宝以迎福的文门神。

祈福，就是祈求富裕发财，家安事顺，功业兴旺，一切生活和社会的欲望得到满足；辟邪，就是避免灾祸、疾病和不测风云。这是人类有生以来和有史以来两个最基本的愿望。祈福是一种对人间的要求，辟邪却是对自身命运的企望。看来辟邪是第一位的，人不康乐，钱多何用？所以有句俗话说：平安即是福。

在遥远的缺乏科学的古代，人们对天灾人祸和自身疾病不

能预知，也不能违抗，便把这些灾难当作邪魔作怪。中国是个农业国，一年四季，春耕秋收，循环往复，过年是新的一轮的开始，每逢此时总是对未来充满憧憬，祈福与辟邪也就来得分外强烈。年俗中，燃鞭放炮有驱魔吓鬼之意，吃饺子含有"送祟"之心，守夜时灯火通明，为了不叫妖邪在阴暗处藏身……今人斥之为迷信，这也过分简单。古人在那样的科学水平上，对危害他们的事物不能明白根由，更无从把握，只能想象出"万物有灵"，并幻想出可怕的妖魔来。世界上各民族古老而狰狞的面具，不都是用来驱妖降魔的吗？而今天人类的科学对世界万物又能解释多少？为什么人类能把火箭送到木星上，却不能制造出一只小小的能爬的蚂蚁？生命之谜依然不能破解！如今，地震无法预报，天气不能左右，不治之症依旧时时处处成为人的恶性的主宰。往往事情轮到自家头上，一种命运感连同祈福与辟邪这两个古老的愿望，便深刻地潜入心底。只要生命之谜和宇宙之谜存在，人们总会沉湎于这种自慰的心理氛围中。

在中国人眼里，邪气属阴，必以阳刚退之。比如，年俗中惯用大红色，大红即表示火热吉庆，又代表炽盛的阳气，用以辟除妖邪。再比如，辟邪的图画一概是刚正不阿、威猛难挡的阳刚形

◇昔时天津人惧怕身边的一些小动物，便立神敬祀。杨柳青有这种神像画，名曰"五大仙"。五大仙即胡（狐狸）、黄（黄鼠狼）、白（刺猬）、柳（蛇）、灰（老鼠）

象。例如忠义千古的关公、勇猛骁强的秦叔宝和尉迟敬德、法力无边的姜太公和张天师，以及吃鬼的钟馗和挟弹射天狗的张弓。最常见用来辟邪的动物是雄鸡和猛虎。在民间的传说中，雄鸡吃五毒，猛虎食恶鬼。这样的门神贴在大门上，一派凛然之气，邪魔不逐自退。有趣的是，在民间画师的笔下，这些猛禽猛兽既威武雄壮，又娇憨可爱。比如陕西凤翔有幅古版门画《镇宅神虎》，一条大虫，目瞪如灯，张牙舞爪，极是猛悍，然而在它身旁那只小虎崽却淘气地模仿着它的神气，一边还晃头扬足，向它撒娇，于是画面就生出一番亲切，与过年所需要的吉庆气氛取得一致。辟邪的虎，只吓鬼而不吓人，中国民间玩具中的布老虎，以及孩子们头上戴的虎头帽和脚上穿的虎头鞋，都是这样。中国人往往把伤人的猛兽画得可以亲近，这造成心理的祥和与安全感。龙掌管着雨水和洪水，狮子是万兽之王，天下无敌，中国人过年时却拿它们出来耍一耍，这就可以减轻平时对它们的畏惧，还可以借助其威，驱逐邪魔。这不仅表明中国人对大自然的主动性，对环境的融合精神和对生活的热情，以及乐观和幽默，还显示了中国人"天人合一"。

这最高境界的宇宙观。

甲戌腊月二十三于津门

年文化

——文化的忧患之十一

在中国民间，最深广的文化，莫过于"年文化"了。

西人的年节，大致是由圣诞到新年，前后一周；中国的旧历年（现称春节）则是早早从吃一口那又黏又稠又香又热的腊八粥时，就微薄地听到了年的脚步。这年的行程真是太长太长，直到转年正月十五闹元宵，在狂热中才画上句号。算一算，四十天。

中国人过年，与农业关系较大。农家的事，以大自然四季为一轮。年在农闲时，便有大把的日子可以折腾；年又在四季之始，生活的热望熊熊燃起。所以，对于中国人来说，过年是非要强化不可的了。或者说，年是一种强化的生活。

这样，一切好吃好穿好玩以及好的想法，都要放在过年上。平日竭力勤俭，岁时极尽所能。缘故是使生活靠向理想的水平。过年是人间生活的顶峰，也是每个孩子一年一度灿烂的梦。

世界上每个民族都有自己的崇拜物。那么中国人崇拜什么？崇拜太阳？崇拜性？崇拜龙？崇拜英雄？崇拜老子？崇拜男人？崇拜祖先？崇拜皇帝和包公？……非也！中国人崇拜的是生活本身。"过日子"往往被视为生存过程。在人们给天地三界诸神众佛叩头烧香时，并非信仰，亦非尊崇，乃是企望神佛降福人间，能过上美好又富裕的生活。这无非借助神佛的威力，实现向往；至高无上的仍是生活本身。

在过年的日子里，生活被理想化了，理想也被生活化了。这生活与迷人的理想混合一起，便有了年的意味。等到过了年，人们走出这年所特有的状态，回到生活里，年的感觉也随即消失，好似一种幻觉消散。是啊，年，实际是一种努力生活化的理想，一种努力理想化的生活。

于是，无论衣食住行，言语行为，生活的一切，无不充溢着年的内容、年的意味和年的精神。且不说鞭炮、春联、"福"字、年画、吊钱、年糕、糖瓜、元宵、空竹、灯谜、花会、祭

祖、拜年、压岁钱、聚宝盆等等，这些年的专有的物事；打比方，单说饺子，原本是日常食品，到了年节，却非比寻常。从包饺子"捏小人嘴"到吃"团圆饺子"，都深深浸染了年的理想与年的心理。

而此刻，瓶子表示平安，金鱼表示富裕，瓜蔓表示延绵，桃子表示长寿，马蜂与猴表示封侯加官，鸡与菊花都表示吉利吉祥……生活中的一切形象，都用来图解理想。生活敷染了理想，顿时闪闪发光。

对于崇拜生活的民族来说，理想是一种实在的生活愿望。

生活中有欣喜满足，也有苦恼失落；有福从天降，也有灾难横生。年时，站在旧的一年的终点上，面对一片未知的生活，人人都怀着这样的愿望：企盼福气与惧怕灾祸。于是，千百年来，有一句话，把这种"年文化心理"表现得简练又明确，便是：驱邪降福。

这样，喜庆、吉祥、平安、团圆、发财、兴隆、加官、进禄、有余、长寿等等年时吉语，便由此而生。这些切实的生活愿望，此刻全都进入生活。无处没有这些语言，无处不见这些吉祥图案。一代代中国人，还由此生发出各种过年方式，营造

216

出浓浓的年的环境与氛围。长长四十天，天天有节目，处处有讲究，事事有说法，这色彩与数字都有深刻的年的内容，这便构成了庞大、深厚、高密度的年文化。

年是自然的，年文化是人为的。它经过精心安排。比方，年前一切筹备的目标都是家庭，人也往家里奔，年夜大团圆的合家饭是年的最高潮；过了年，拜年从家庭内部开始，到亲戚、再到朋友，逐步走向社会；到了正月十五闹元宵，就纯属社会活动了。这年的行为趋势，则是以家庭为核心，反映了对家庭幸福的企望与尊爱。

年文化又是极严格的。它依照自己特定的内涵，从生活中寻找合适的载体。拿物品来说，苹果代表平安，自然就成为年节走红的礼品；梨子有离别意味，在岁时便被冷落一旁；年糕可以用来表示高高兴兴，它几乎成了年的专利品；而鞋子与"邪"字谐音，便在人们口中尽量避免提及。年，就这样把它可以利用的一切，都推到生活的表面，同时又把自己深在的含意凸现出来。故而，年文化十分鲜亮。

浓浓的年文化，酿出深深的年意年味。中国人过年追求这种年意与年味，当然也就去加强年文化了。

中国人对生活的态度十分有趣。比如闹水的龙和吃人的虎，都很凶恶。但在中国的民间，龙的形象并不可怕，反而要去耍龙灯，人龙一团，喜庆热闹；老虎的形象也不残暴，反被描绘得雄壮威武，憨态可掬，虎鞋虎帽也就跑到孩子身上。通过这种理想方式，生活变得可亲可爱。同样，虽然生活的愿望难以成真，但中国人并不停留在苦苦期待上，而是把理想愿望与现实生活拉在一起，用文化加以创造，将美丽而空空的向往，与实实在在的生活神奇地合为一体。一下子，生活就变得异样地亲近、煌煌有望和充满生气了。这也是过年时我们对生活一种十分特别又美好的感觉。

这一切都源于中国人对生活的崇拜。

中国人不把理想与现实分开，将理想悬挂云端，可望而不可即；而是把物质的和精神的生活视为一体，相互推动，相互引发，用生活追求愿望，用愿望点燃生活，尤其在新春伊始，企望未来之时，这种生活观被年文化发挥得淋漓尽致和无限迷人。

一代代中国人就这样，对年文化，不断加强，共同认同，终于成为中国人一股巨大亲和力和凝聚力之所在。每一次过年，

◇最浓的年意在老百姓中间

都是一次民族文化的大发扬，一次民族情结的加深，也是民族亲和力的自我加强。于此，再没有别的任何一种文化能与年文化相比。

年文化是与民族共存的文化。

然而，应当承认，年文化受到空前猛烈的冲击。原因是多方面的：

一是西方文化的冲击。现在中国人的家庭中，年轻人渐渐成为一家之主，他们对闯入生活的外来文化更有兴趣；二是人们的社会活动和经济行为多了，节日偏爱消闲，不愿再遵循传统的繁缛习俗；三是年文化的传统含义与现代人的生活观念格格不入；四是年画、鞭炮、祭祖等方式一样样从年的活动中撤出；有一种说法，过年只剩下吃合家饭、电视春节晚会和拜年三项内容，而拜年还在改变为"电话拜年"，如果春节晚会再不带劲，真成了"大周末"了。

没有年意了！没有年味了！恐怕这是当代中国人一种很深的失落，一种文化的失落。

可是，当我们在年前忙着置办年货时，或者在年根底下，在各地大小车站，看着成千上万的人，拥挤着要抢在大年三十

回到家中——我们会感到年的情结依然如故，于是我们明白，真正缺少的是年的新的方式与新的载体。

是我们自己把年淡化了。

如今，春节已是一半过年，一半文化。但由于长久以来，一直把年文化当作一种"旧俗"，如今依旧不能从文化上认识年的精神价值，所以在年味日渐淡薄之时，我们并无忧虑。难道只有等待社会文明到了相当程度，才会出现年的复兴？

复兴不是复旧，而是从文化上进行选择与弘扬。现在要紧的是，怎样做才能避免把传统扔得太快。太快，会出现文化上的失落与空白，还会接踵出现外来文化的"倒灌"和民族心理的失衡。

建设年文化，便是一个太大的又不容忽视的文化工程。

1996.2.15

除夕情怀

除夕是一年最后一天，最后一个夜晚，是一岁中剩余的一点短暂的时光。时光是留不住的，不管我们怎么珍惜它，它还是一天天在我们的身边烟消云散。古人不是说过"黄金易得，韶光难留"吗？所以在这一年最后的夜晚，要用"守岁"——也就是不睡觉，眼巴巴守着它，来对上天恩赐的岁月时光以及眼前这段珍贵的生命时间表示深切的留恋。

除夕是中国人最具生命情感的日子，所以此时此刻一定要和与自己有着血缘关系的亲人团聚一起。首先是生养自己的父母。陪伴老人过年，有如依偎着自己生命的根与源头。再有便是和同一血缘的一家人枝叶相拥，温习往昔，尽享亲情。记得有人说："过年不就是一顿鸡鸭鱼肉的年夜饭吗？现在天天鸡鸭

鱼肉，年还用过吗？"其实过年并不是为了那一顿美餐，而是团圆。只不过先前中国人太穷，便把平时稀罕的美食当作一种幸福，加入到这个人间难得的团聚中。现在鸡鸭鱼肉司空见惯了，团圆却依然是人们的愿望年的主题。腊月里到火车站或机场去看看声势浩大的春运吧。世界上哪个国家会有一亿多人同时返乡，不都要在除夕那天赶到家去？他们到底为了吃年夜饭还是为了团圆？

此刻，我想起关于年夜饭的一段往事——

一年除夕，家里筹备年夜饭，妻子忽说："哎哟，还没有酒呢。"我说："我忙的都是什么呀，怎么把最要紧的东西忘了！"

酒是餐桌上的仙液。这一年一度的人间的盛宴哪能没有酒的助兴、没有醉意？我忙披上棉衣，围上围巾，蹬上自行车去买酒。家里人平时都不喝酒，一瓶葡萄酒——哪怕是果酒也行。

车行街上，天完全黑了，街两旁高高低低的窗子都亮着灯。一些人家开始吃年夜饭了，性急的孩子已经噼噼啪啪点响鞭炮。但是商店全上了门板，无处买到酒，我却不死心，无论如何也不能让这顿年夜饭没有酒。车子一路骑下去，一直骑到百货大楼后边那条小街上，忽见道边一扇小窗亮着灯，里边花花绿绿，

分明是个家庭式的小杂货铺。我忙跳下车，过去扒窗一瞧，里边的小货架上天赐一般摆着几瓶红红的果酒，大概是玫瑰酒吧。踏破铁鞋终于找到它了！我赶紧敲窗玻璃，里边出现一张胖胖的老汉的脸，他不开窗，只朝我摇手；我继续敲窗，他隔窗朝我叫道："不卖了，过年了。"我一急，对他大叫："我就差一瓶酒了。"谁料他听罢，怔了一下，唰地拉开小小的窗子，里边热乎乎混着炒菜味道的热气扑面而来，跟着一瓶美丽的红酒梦幻般地摆在我的面前。

我付了钱，对他千恩万谢之后，把酒揣在怀里贴身的地方。我怕把酒摔了，然后飞快地一口气骑车到家。刚才把酒揣进怀里时酒瓶很凉，现在将酒从怀间抽出时，光溜溜的酒瓶竟被身体焐得很温暖。

当晚这瓶廉价的果酒把一家人扰得热乎乎，我却还在感受着刚才那位老汉把酒啪地放在我面前的感觉。他怎么知道我那时为年夜饭缺一瓶酒的急切的心情？很简单——因为那是人们共有的年的情怀。

于是我又想起，一年的年根在火车站上。车厢里人满为患，连走道上也人贴着人地站着。从车门根本挤不上去，有人就从

224

车窗往里爬。我看一个年轻人，半个身子已经爬进车窗，车里的熟人往里拉他，站台上工作人员往外拽他。双方都在使劲，这年轻人拼命地往车里挣扎。就在这时候，忽然，站台上的人不拉了，反倒笑嘻嘻地把他推上去。我想，要是在平时，站台的工作人员决不会把他推上去，但此时此刻为什么这样做？为了帮他回家过年。

年，真的是太美好的节日、太好的文化了。在这种文化氛围里，人人无须沟通，彼此心灵相应。正为此，除夕之夜千家万户燃起的烟花，才在寒冷的夜空中交相辉映，呈现出普天同庆的人间奇观。也正为此，那风中飘飞的吊钱，大门上斗大的"福"字，晶莹的饺子，感恩于天地与先人的香烛，风雪沙沙吹打的灯笼和人人从心中外化出来的笑容，才是这除夕之夜最深切的记忆。

除夕是中国人用共同的生活理想创造出来——并以各自的努力实现的现实。

2008年春节

大年三十

今天是大年三十——中国人一年生活中最重要的日子。为什么这么说？

在漫长的农耕社会，人们生活的节律与生产的节律是一致的，而生产的节律又与大自然的节律合拍。大自然以一年为一个周期，分作春夏秋冬，人们的生产便是春种夏养秋收和冬藏，这也是生活最主要的内容，因而也是一个生产生活的周期和人生的一年。这个周期过去，下个周期来临，周而复始，循环不已。在前后两个周期、两个年之间有一个节点，就是大年三十。

人们每次站在这个节点——大年三十这一天，都会强烈地感受到四个字：除旧迎新。

不管将离我们而去的这一年，有多少喜悦、欢乐、幸运、

遗憾、失算和痛苦，此刻都已经跑到身后，我们面对着驾驭着春风而来的新的一年。

过去的一岁是已知的、既定的、不可更改的；新来的一年是未知的、费猜的、难以预料的。所以，人们的年心理总是小心翼翼。这种心理反映在民俗上就是种种禁忌。忌哭，忌摔碎东西，忌说不吉利的话，其实是巴望着昨日的麻烦与不幸不在明天出现。故而中国人在这一天习俗中不断彰显的两个意念是辟邪与祈福。门神、钟馗、鞭炮、压岁（祟）钱等等皆与辟邪相关；"福"字、春联、烟花、灯笼、财神、蝙蝠、八仙、金鱼、石榴等等全都象征着对种种世间幸福的祈望。

习俗是一种被广泛认同、共同遵循与代代相传的精神方式。

这样，这个原本是大自然冬去春来的季节性的时间节点上，被注入了一种人间的精神理想。这种精神含着目标，理想充满浪漫，于是这一天就被创造出来了。

在靠天吃饭的农耕社会，生活不富裕，平时吃得差，穿得一般，过年这一天就非要新衣新鞋和鱼肉荤腥不可，哪怕辫子扎上"二尺红头绳"；平时一家人你在天涯我在海角，这一天便非要赶回家，把团圆的梦化为现实。生活被理想化了，同时理

227

想也被生活化了。理想被拉到眼前，在大年三十成为现实，成为活生生的天伦之乐。究竟是什么力量把这原本普普通通的一天如此神奇地放大。当然是年文化。中国的年文化有多厉害！

年文化不是哪一天建立起来的。它是数千年历史中不断创造、选择、约定俗成和不断加强出来的。它通过大量密集的民俗方式，五彩缤纷的节日包装，难以计数的吉祥图案，构筑起年的理想主义的景象。它既有视觉（颜色与图像）的、听觉（鞭炮与拜年的呼声）的、味觉（应时食品）的，又有嗅觉（香火和火药）的；它们占有了我们所有感官，直到心灵。我们创造的文化迷住了我们自己。由此，我们懂得，真正的文化不在大轰大嗡的用金钱造势的文化节上，而是看它是否浸入人的心灵和血液中。看一看当今年年腊月里的春运就会感受到文化有多大力量。一亿多人加入到浩浩荡荡"回家过年"的春运队伍。除去春节和年文化，谁能调动起如此阵势的千军万马？这一刻，深深地感受到中华文化深刻地潜在我们的血液里，一年一度地发作一次。

回家就是为了大年三十。这一天意味着故乡、热土、父母、家园、血缘、根脉。这一天是人们创造的文化为自己规定的团

圆的时刻。因此，这一天的文化氛围是激情、温馨、和谐与富足。

当然，生命也在这一天经历着特别的感受。

不管怎样兴致勃勃地打算着未来的一年，毕竟要与眼前一点点失不再来的时光依依惜别，并开始与陌生的时光发生接触。中国人不像西方人那样倒计时地数着数字迎接新年，然后狂欢，而是静静地"守岁"。守着只有在这一段时间才能看见来去匆匆的生命时间的珍贵。你体会过唐太宗在《守岁》诗中"迎送一宵中"的感觉吗？

小时候大年三十午夜燃放鞭炮过后，守岁的大人们仍不见困意，孩子们却一个个挺不住了。我还跑到水管前，把凉水揉进不争气的疲软的眼皮。宋人苏轼不是也说"儿童强不睡"吗？那一刻会感到长夜无边的意味，随后便浑然不觉、流烟一样地进入了软软的梦乡。待一睁眼，第二天，也是新的一年的头一天，眼前一片闪闪发光，异常明亮，好像什么都是新的，包括空气。

时间有时也是空间。

当我们从旧的一年跨入新的一年时，就像从一个空间走进

另一个空间。这个崭新的空间又大又空，充满不曾使用过的时间。人们在这一瞬的期望是万象更新。

那时的孩子们会忽然看到一个又大又红的苹果摆在枕边，原是大人在年夜里悄悄放在这里的，香喷喷地散发着一种深切的祝福——终岁平安。

就这样，人生又一个大年三十已经留在记忆里了。

2011.2.1

终 岁 平 安

每逢年至，心中的期望便明显起来。大概由于中国自古是农业国，生活以春耕秋收为一年，为一轮的始终。年，既是上一轮的终结，又是下一轮的起始。这样，年的心理，自然充满了超越去年而向往美好的生活期待。

那大地上的白雪不也埋藏着绿色的梦吗？

人们向新的一年要什么？看一看年时的吉祥图案，听一听年时的吉言吉语，都是清清楚楚、明明白白：丰收、圆满发财、晋升、长寿、兴旺……人们把这一切统统称为福气。福，就是好事喜事美事成功的事；祈福，也就是巴望这好事不期而至，接踵而至，源源而至了……

于是，祈福的心理，自然是炽热的、急切的、浪漫的、狂

想的。用夸张和膨胀的向往填满一时的欲求，那便是常见的"日进斗金""黄金万两""见面发财""连升三级"，等等。可以说，把现实与期望混在一起，就是年的魅力。

人的愿望总是以现有的状况为基点。有了钱，希望更有钱；有了地位，盼望不断擢升。所以，这种"日进斗金"一类的豪言壮语，自古都是来自都市中的金钱大腕儿们。在民间，百姓们的祈福却更接近生活的本身、理性和务实。他们知道生活不会大红大紫，没有变龙变凤的奢望。因此，盼个日子兴旺之外，所追求的倒是一个非物质的字眼：平安。

千百年来，他们给关公、妈祖、观音、火神、药王，乃至眼光娘娘、五大仙等等叩头烧香，不都是为了一个平安吗？你也许会说，那时科学落后，百姓愚昧，不知万事的缘由，故此才祈求神灵。然而，天灾人祸，不治之症，在科学发达的今天不是也一样时时处处地发生？一旦陡生意外，那飞黄腾达的生活狂想顿时消散，金钱变成无用之物。于是对生活的期望便扎扎实实地回到现实中来。平安，原是生活第一位的幸福，也是一切世间好事最切实、最基本的落脚处。

在古代，百姓们不识文字，心情的表达与文化的传播，一

◇昔日放鞭炮时使用的护具

靠语言，二靠图像。中国人既智巧，又风趣，最善于给自己的生活增添情致；常常用语言中字的谐音，借图像以表其意。瓶子的"瓶"与平安的"平"谐音，又易引发对佛家宝瓶和道家甘露瓶的联想，便用来预兆平安与吉祥。各种各样的华美的瓶子就出现在年的图案中了。将瓶子配以爆竹，便是"竹报平安"；配以如意，便是"平安如意"；配以四季花卉，便是"四季平安"；配以各样物事，便是"岁岁平安"。

由于风云祸福，变幻难测，平安不在任何人的把握之中，命运的威胁在心灵深处隐隐不安，对平安的祈祷便来得深切又衷心。倘无平安，何福之有？倘得平安，人生何求？繁衍了五千年的中国人，悟到了生活的真谛，于是说出一句意味深长的话：平安便是福！

这样，每至年深，展望未来，不管口中吉语多么缤纷辉煌，内心深处却企盼着逢凶化吉，消灾祛病，化危为安；对自己也对别人，深深道上一句：终岁平安！

1996.3

老母为我"扎红"带

今年是马年，我的本命年，又该扎红腰带了。

在古老的传统中，本命年又称"槛儿年"，本命年扎红腰带——俗称扎红，就是顺顺当当"过槛儿"，寄寓着避邪趋吉的心愿。故而每到本命年，母亲都要亲手为我"扎红"。记得十二年前我甲子岁，母亲已八十六岁，却早早为我准备好了红腰带，除夕那天，亲手为我扎在腰上。那一刻，母亲笑着，我笑着，屋内他人也笑着，我心里深深地感动。所有孩子自出生那一刻，母亲最大的心愿莫过于孩子的健康与平安，这心愿一直伴随着孩子的成长而执着不灭；而我竟有如此洪福，六十岁还能感受到母亲这种天性和深挚的爱。一时心涌激情，对母亲说，待我十二年后，还要她再为我"扎红"，母亲当然知道我这话里边的

含意，笑嘻嘻连连说一个字：好好好。

十二年过去，我的第六个本命年来到，如今七十二岁了。

母亲呢？真棒！她信守诺言，九十八岁寿星般的高龄，依然健康，面无深皱，皮肤和雪白的发丝泛着光亮；最叫我高兴的是她头脑仍旧明晰和富于觉察力，情感也一直那样丰富又敏感，从来没有衰退过。而且，今年一入腊月就告诉我，已经预备了红腰带，要在除夕那天亲手给我扎在腰上，还说这次腰带上的花儿由她自己来绣。她为什么刻意自己来绣？她眼睛的玻璃体有点小问题，还能绣吗？她执意要把深心的一种祝愿，一针针地绣入这传说能够保佑平安的腰带中吗？

于是在除夕这天，我要来体验七十人生少有的一种幸福——由老母来给"扎红"了。

母亲郑重地从柜里拿出一条折得分外齐整的鲜红的布腰带，打开给我看；一端——终于揭晓了——是母亲亲手用黄线绣成的四个字"马年大吉"。竖排的四个字，笔画规整，横平竖直，每个针脚都很清晰。这是母亲绣的吗？母亲抬头看着我说："你看绣得行吗，我写好了字，开始总绣不好，太久不绣了，眼看不准手也不准，拆了三次绣了三次，马字下边四个点儿间距总

◇2014年是我的本命年，母亲为我"扎红"带。我七十二岁，母亲九十八岁

摆不匀，现在这样还可以吧？"我感觉此刻任何语言都无力于心情的表达。妹妹告诉我，母亲还换了一次线呢，开头用的是粉红色的线，觉得不显眼，便换成了黄线。妹妹笑对母亲说，你要是再拆再绣，布就扎破了。什么力量使她克制着眼睛里发浑的玻璃体，顽强地使每一针都依从心意、不含糊地绣下去？

母亲为我"扎红"时十分认真。她两手执带绕过我的腰时，只说一句："你的腰好粗呵。"随后调整带面，正面朝外，再把带子两端汇集到腰前正中，拉紧拉直；结扣时更是着意要像蝴蝶结那样好看，并把带端的字露在表面。她做得一丝不苟，庄重不阿，有一种仪式感，叫我感受到这一古老风俗里有一种对生命的敬畏，还有世世代代对传衍的郑重。

我比母亲高出一头还多，低头正好看着她的头顶，她稀疏的白发中间，露出光亮的头皮，就像我们从干涸的秋水看得到洁净的河床。母亲真的老了，尽管我坚信自己有很强的能力，却无力使母亲重返往昔的生活——母亲年轻时种种明亮光鲜的形象就像看过的美丽的电影片段那样仍在我的记忆里。

然而此刻，我并没有陷入伤感。因为，活生生的生活证明着，我现在仍然拥有着人间最珍贵的母爱。我鬓角花白却依然

238

是一个孩子，还在被母亲呵护着。而此刻，这种天性的母爱的执着、纯粹、深切、祝愿，全被一针针绣在红带上，温暖而有力地扎在我的腰间。

感谢母亲长寿，叫我们兄弟姐妹们一直有一个仍由母亲当家的家；在远方工作的手足每逢年时依然能够其乐融融地回家过年，享受那种来自童年的深远而常在的情味，也享受着自己一种美好的人生情感的表达——孝顺。

孝，是中国作为人的准则的一个字。是一种缀满果实的树对根的敬意，是万物对大地的感恩，也是人性的回报和回报的人性。

我相信，人生的幸福最终还来自自己的心灵。

此刻，心中更有一个祈望，让母亲再给我扎一次红腰带。

这想法有点神奇吗？不，人活着，什么美好的事都有可能。

2014.2.11

春节是怀旧的日子

在我们把春节的由来、内涵、习俗、意义都说过说透之后，忽然发现还忘了说——春节是一种特定的情感。

在所有春运的运载车辆上，那些挤成一团、千辛万苦的人，没有一个知难而退，全都坚定地渴望着去实现一种情感的目标：回家。急渴渴地扑到家，一推开门，即刻融化到自己生命源头的温暖里。

那里有你的父母，甚至爷爷奶奶，守家在地干活营生的兄弟姐妹，他们全朝你喜笑颜开；还有那些分外亲切的老桌子老柜子老东西老景象，以及唯有你的老巢才有的那股子的勾魂摄魄的气味。

跟着，与你的巢紧紧相连的纷至沓来：至爱亲朋、旧交老

友、昔时伙伴、左邻右舍，还有老街老巷、乡土风物与小吃。可能你离家太久，或在外边打拼多年，渐行渐远的往事已经滑到记忆边缘，但此时此刻偶然碰到一个什么细节，会把沉睡在你心中深处的故旧一下子拽到跟前。记得一次在街头碰到一个阔别了至少三十年的中学同学，那一瞬忘了他的名字，却脱口叫出他的外号"大牙"——他的门牙又长又大，而且往外龇。那时同学们给他起了个外号叫"大牙"。谁料到此刻这个外号仿佛有种神奇之力，把我们热乎乎地拉回到真率无邪、亲密无间的少年时代。我们开始问对方、说自己、谈现在、聊过去；说到当年的同班同学时，也多是外号，惹起我们阵阵大笑。就这样站在街头长谈竟有一个小时。

从中，你会感慨人生的急促，时光的无情，生命的无奈，同时又获得唯有回家过年才有的满足。然而一年里只有这些天，可以实实在在触摸到昨天与前天。仿佛进了奇妙无穷的时光隧道，还会情不自禁地往里钻。

虽然过年，我们是辞旧迎新，迎着春天往前走，但我们享受到的更多的情感却是怀旧。

春节里一种特定的情感是怀旧。春节是个怀旧的节日。

怀旧，是对过往生活的一种留恋，一种对记忆的追溯与享受，一种对人生落花的捡拾。

每个人的心底都有怀旧的需求，春节回家过年则是满足所有人这种情感需要；为此，春运才有如此磅礴的力量。由故土、血缘、乡情汇集而成的巨大的磁场，布满大地山川、每个城市与村庄。这磁场产生的效力与魅力既是感情的力量，也是文化的力量。

民俗是源自共同需求而共同认定的方式。需求是精神的、情感的、心理的，而方式是一种文化。当这共同的需求"约定俗成"了，所有人就会遵从这种民俗方式而行动，比如回家过年。民俗不是强迫的，却是自愿的和自律的。它是一种共同需要和共同表达，同时每个人的精神情感都可以充分发挥。这样，春节才成了我们的必需。

由此而言，我们所有民俗节日都是情感的表达，所表达的情感各有不同。清明是对先人的怀念，端午则是张扬生活的激情，七夕是表达男女对爱的忠贞不渝。其中，不少节日都与团圆——即家庭和血缘的亲情相关，比如中秋。但中秋与春节还有所不同，中秋不强调"回家"，不会有出现交通拥堵的"秋

运"。唯有春节才是中国人集体怀旧的日子。因为在节令中，春节是辞别旧岁。在辞旧中必然引发怀旧。

这样，我们便通过千百年来人们集体创造并传衍至今的一系列民俗方式，如团圆饭和拜年等，把心中的亲情、乡情、怀旧之情尽情地表达与宣泄。由此，家庭得到一次凝聚，故乡的热土得到一次升温。其实这就是文化赋予中华民族五千年来生生不息的凝聚力。

每一个身在异乡回家过年的人，在度过了春节之后，内心不都感受到补偿了对亲人一种长时间的亏欠，并在情感上得到深切的满足吗？

所以说春节是中国人怀旧的日子。

2012.1.16

福字是最深切的春节符号

每年最冷的日子里，当那种用墨笔写在菱形的红纸上的大大小小的福字愈来愈多地映入眼帘，不用问，自然是春节来了。福字带来的是人们心中熟稔的年的信息和气息，唤起我们特有的年的情感，也一年一度彰显出年的深意。

福字在民间可不是一般的字，这一个字——意涵深远。

它包含的很多很多，几乎囊括了一切好事。既是丰衣足食，富贵兴旺，又是健康平安，和谐美满，更是国泰民安，天下太平。可是生活永远不会十全十美，也不会事事如愿，此中有机遇也有意外，乃至旦夕祸福，这便加重了人们心中对福字的心理依赖。福是好事情，也是好运气。再没有一个字能像福字纠结着中国人对幸福生活强烈的渴望与心怀的梦想。它是广大民

间最理想化的一个汉字。平时，人们把这些美好的期望揣在心里，待到新的一年——新的一轮空白的日子来临的时候，禁不住把心中这些期待一股脑儿掏出来，化为一个福字，端端正正、浓墨重笔写在大红纸上，贴在门板、照壁和屋里屋外最显眼的地方。这叫我们知道，人们过年时最重要的不是吃喝穿戴，而是对生活的盛情与企盼。

节日是人们的精神生活。

关于贴福字的起源传说很多，但我相信的还是民俗学的原理，它是数千年来代代相传、约定俗成、集体认同的结果，它作为一种心灵方式，深切而无形地潜藏在所有中国人的血液里，每到春节，不用招呼，一定出现。它不是谁强加的，谁也不可能改变它，谁也不会拒绝它。于是，福字包括贴福字的民俗就成了我们一种根性的文化。

近年来，不断有人想设计春节符号。显然，持这种好心的人还不明白，节日的符号更是要约定俗成的。它原本就在节日里。比如西方圣诞节的圣诞树，万圣节的南瓜灯，中国春节的福字，端午的龙舟，中秋的玉兔，元宵的灯笼等等，早已经是人们喜闻乐见、深具节日内涵的象征性的符号。节日的符号不

是谁设计的，是从节日生活及其需要自然而然地产生出来的。只要人们需要它，它就不会消失，还会不断被创造。记得多年前中央电视台一位记者在天津天后宫前年货市场上采访我，他想了解此地老百姓怎么过年。我顺手从一个剪纸摊上拿一个小福字给他看，这福字比大拇指指甲大一点儿。这记者问我这么小的福字贴在哪儿，我说贴在电脑上。平日电脑屏幕是黑的，过年时将这小福字往上一贴，年意顿时来了。这种微型的福字先前是没有的，但人们对它的再创造还是源自对节日的情感，顺由着传统。

再有，民俗都是可参与的，就像写在红纸上的这个福字；真草隶篆怎么好看怎么写，任由人们表达着各自的心愿。因为福字是自己写给自己的；是一种自我的慰藉、自我的支持与勉励，也为了把自己这种生活的兴致传递给别人。

中国人对生活是敬畏的，对福字更是郑重不阿。我曾写过一篇文章《大门上的福字不宜倒贴》，是讲中国人对生活的态度。还有一个小故事，我小时候见一位长者写福字，他写好了看了看，摇摇头不大满意，但他并不像写一般字——写坏了就把纸扯掉，而是好好地压在一摞纸下边。他说福字是不能撕掉

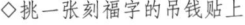

◇挑一张刻福字的吊钱贴上

的。这种对生活的敬重与虔诚、对文化的虔诚，一直记在我心里。这是多美的生活情感，多美的民俗，多美的文化方式与心灵方式。中华民族不就凭着这种执着不灭的生活精神与追求，在东方大地上生生不息了五千年吗？

别小看这小小的红纸上简简单单一个墨写的福字，它竟然包含着我们民族生活情感与追求的全部和极致。它称得上是我们一种深切的春节符号。因而，每每春节到来，不论陕北的山村还是江南水乡，不论声光化电的都会还是地远人稀的边城，大大小小耀眼的福字随处可见；一年一度，它总是伴随着纷繁的雪花，光鲜地来到人间，来到我们的生活和生活的希望里。

2014.1.23

团圆，春节的第一主题

如今我们都是使用公历计日，可是一入腊月，特别是小年之后，却不知不觉改用起农历来了。尤其是从腊月二十三到正月十五，好似回到了两千多年前司马迁的《太初历》。

谁叫我们这样做的？不知道。反正只要改用这传统的历法与称谓，那一天特定的内容、含义、情感与滋味便油然而生。

我的外甥女在美国生活多年，只要她过年赶不回来，除夕之夜打来的越洋电话里，连声音都变了，一种异常的兴奋与亲切好似喊出来的，与平日电话里的声调迥然不同。为什么春节总会分外地给我们一年一度的人情的温暖与高潮？然而，正是为了这种非同寻常的"情感时刻"，我们中国人才会"每逢佳节倍思亲"，回家过年时才有归心似箭的感觉。

于是团圆成了春节的第一主题，也是春节最重要的情怀。

其实团圆也是其他一些节日的主题，比如中秋和元宵。但由于春节还是一种标志着生命消长的节日，对团圆的心理需求就来得分外深切。因此，团圆一定要在关键的除旧迎新的大年之夜来实现。举家一同祭祖敬天，吃年夜饭，燃放爆竹和守夜达旦。团圆首先是家庭的。中国人把以家庭为单位的血缘关系看得尤为重要。珍重骨肉亲情，鄙视六亲不认。一家人围着一桌五光十色的美酒美食，全家老小，一个不少，泯去嫌隙，合家欢聚，尽享孝道、手足、夫妻、子孙之情和天伦之乐，不一直是几千年来黄土地上的人间梦想吗？

于是，这情怀使得腊月里中华大地上所有的城乡、所有的家庭都变成情感的磁场。而每一次全家欢聚都必然再一次加深这团圆的情怀。这不就是"年文化"吗？

谁说中国的节日都成了饮食节？节日的饮食也都是有主题的。年夜饺子绝不同于一般饭店里的饺子。它和月饼、汤圆、春饼、腊八粥、子推燕、年糕一样，都是有"魂儿"的。我们品味的既是它们的味道，更是个中的意味。

进而说，中国人很会安排春节。从报信儿的腊八到压轴

的元宵，其间长长的将近四十天。中国人是这样编排年的节奏的——

年前主要是从外边往家里忙。先是人们从四面八方往家里赶，然后是置办年货，打扫房舍，装点生活，筹划年夜饭等各类事项。这是从外向里使劲。

中间是过年，过大年三十。三十是高潮，高潮是团圆。

然后，进入新年，使劲的方向开始反过来，变为由里向外用劲。正月第一件大事是拜年。拜年先长辈后同辈，先近亲后远朋，逐渐扩大到社会的旧友熟人，最后便是全社会广场街头的元宵欢庆。就这样，年结束了，人们又纷纷回到各自生活和工作的地方。

只有整体地看，才能看出团圆在年中间的位置，以及它在人间的必不可少。

当然，春节远不止一个主题。另一个重要的主题是迎春。

春节处在大自然冬去春来的时日。古人用"辞旧迎新"四个字表达对大自然一种很深切的情感与敬意。告别去岁的生命时光，迎接天地新的馈赠。未来的空间阔大而光亮，充满着未知，也一定福祸并存。人们便祈福驱邪，由古至今，莫不如是。

尤其在农耕时代，春是新一轮农耕生产的开始，也是与生产密切相关的新生活的开始。人们便对"春"字分外地敏感。春是未来一年生活的象征。

尽管春节时往往还是天寒地冻，但大多立春的节气在过年期间。我们祖先在"春打六九头"中用了一个"打"字，把春天表达得亲切可爱、充满活力。人们对春之亲昵则在立春时节习俗中"咬春"的那个"咬"字。就像抱着婴儿，轻轻咬一咬它细嫩芬芳的小胳膊小腿儿。倘若遇到暖冬一年，柳条会悄悄提早变软，像胶条那样能打过弯儿来，不会折断。在江南凉凉的融雪的气息里，往往可以冷不丁地闻到春的气味，精神为之一振。

人们在春节中呼唤春，巴望春，迎接春，因而称门联为"春联"，称酒作"春酒"等等，甚至在红纸上书写一个大字"春"，贴在大门上，表示对春的敬候。

广义的春是新生活的开始。所以，迎春也作迎新。那么年俗文化中一切祈福的内容莫不包含迎春的意味。

迎春和迎新是恭恭敬敬的。

这因为中国人的传统对天地是敬畏的。一是因为我们生活的一切都来源于天地，受惠于天地，自然心怀无尽的感激；二

是天地有自己的规律与特性，不能违反，顺之则吉，乱之则凶，对其不能不敬畏；三是天地于人仍是秘密，多半不可知，故而吉凶难测。面对新生活，不能盲目地乐观，而要虔敬天地，善待万物，庄重地对待生活。先前过年都要立一块牌位，写上"天地君亲师"五个字，恭恭敬敬拜一拜。现在很少有人再拜了。其实，唯"君"不必再拜，如今世已无君。其他如天地、亲人、师长倒还是拜一拜好。

当然，春节的主题不止于此。还有祥和、丰收、平安、富贵等等，它们都是人们生活最切实的愿望。中国的春节不同于西方的圣诞。春节是个理想化的节日。这理想是一种人间生活的愿望。它经过全民族共同的创造与认定，约定俗成，成为年俗。因此说，年俗所表达的是中华民族集体的精神情感及其方式。正是这种年俗保持了我们民族独特的精神情感的基因，一年一度增强了民族自我的亲和与凝聚。因此说，它是中华民族五千年生生不息的深在的缘故之一。这样好的年，不应该好好过一过吗？

2010.2.8

春运是一种文化现象

如今，报知春节迫近的已经不再是腊八粥的香味，而是媒体上充满压力的热火朝天的春运了。每入腊月，春运有如飓风来临，很快就势头变猛，愈演愈烈；及至腊月底那几天，春运可谓排山倒海，不可阻遏。每每此时我都会想，世界上哪个国家有这种一年一度上亿人风风火火赶着回家过年的景象？

我们一直把春运当作一种客运交通的非常时期，并认为这是中国社会发展到现阶段千千万万农民进城打工带来的特殊的交通狂潮。春运的任务只是想方设法完成这种举世罕见的客运重负。可是，如果换一双文化的眼睛，就会发现，春运真正所做的是把千千万万在外工作的人千里迢迢送回他们各自的家乡，去完成中国人数千年来的人间梦想：团圆。

前些年在火车站碰到的一个情景使我至今难忘。大约是农历腊月二十九吧。一个又矮又瘦的中年男子赶火车回家。火车马上要开，车门已经关上。这男子急了，大概他怕大年之夜赶不回去，就爬车窗。按常规，月台上的值勤人员怕他出事，一定要拉他下来，车上的人一准也要把他往外推。但此刻忽然反过来，车上的人一起往窗里拉他，月台上值勤人员则用力把他推进车窗。那一刻，车上车下的人连同那中年男子都开心地笑，列车就载着这些笑脸轰隆隆开走了。为什么？因为人们有着共同的情怀——回家过年。

为此，每每望着春运期间人满为患的机场、车站和排成长龙的购票队伍，我都会为年文化在中国人身上这种刻骨铭心而感动。春运的人潮所洋溢的不正是年文化的精神核心——合家团聚吗？还有哪一种文化能够一年一度调动起如此动情的千军万马？能够凸显故乡和家庭如此强大的亲和力？

春运是超大规模的农民进城打工带来的，没错。但它又是近二十年出现的最独特的一种文化现象。因为民间文化是生活文化，它往往从生活的形态而非从纯文化的形态中表现出来，所以我们不会一下子认识到春运的文化内涵。

由此，我想到前些年每逢春节都会出现的一个话题，就是年的淡化。淡化的原因有二：一是生活方式的骤变，致使数千年里超稳定的生活中形成的严谨的年文化松解了，而一时又难以构成新的年文化体系，淡化的现象必然出现。二是由于我们对年文化的无知，把传统习俗视为陈规旧习，认为可有可无，主动放弃。如燃放烟花爆竹和祭祖等等；甚至提倡休闲度假，或把春节变成西方的嘉年华。失去了民俗的节日自然变得稀松平常。特别是有些民俗深刻嵌在人们的记忆里，一旦扔掉，无以填补。应该说，这种主动地去瓦解自己的文化才是最致命的。记得十多年前看过一篇文章说，未来的春节将成为五花八门的多元节日之一，并预言它将不再是主角。

可是就在这时，春运形成了。五星级酒店里、歌舞厅和酒吧里、高尔夫球场上可以不要春节，但人们心中"年的情结"依然执着，而且每逢春节就必然吐蕊开花——回家过年，亲人相聚，脱旧穿新，祈安道福，以心亲吻乡土里的根。由于那时没有看到春运人潮中的文化心理与文化需求，也就想不到在社会转型时期怎样去保护传统，想不到在传统的年俗出现松解时应该做些什么。现在明白了，年在人们的心里并没有淡化，淡

化的只是瓦解中的传统的方式与形态。

从这点说，央视的春晚是中国电视人对年文化的一个伟大的贡献。如果没有春晚，在那些禁了烟花爆竹的城市显得分外冷落的大年之夜，才更像周末呢。

因此，还要回到文化上说说春节。

春节，时处大自然四季周而往复的节点，也是生活阶段性的起点。人们心中的寄寓与祈望就来得异常深切，民族特有的情怀也分外张扬。在民间生活中，这种精神性的东西都要以民俗为载体，所以民俗中每一事项，莫不有着精神内涵，有魂。比方年夜饭的魂是团圆，放鞭炮的魂是驱邪，拜年的魂是和谐，贴春联、贴"福"字、挂吊钱的魂是祈福等等。我们曾指责传统节日都变成了饮食节，好像饮食非文化，其实所有节日食品并非一般食物，皆有一往情深的寓意。节日的本质是精神的。看似一些民俗形式，实则是人们在高扬心中的生活情感与理想。这里边有民族和民间的精神传统、道德规范、审美标准和地域气质。如果我们不从文化上、不从精神上去看节日，就不明白节日为何物，不经意间随手丢掉，失去的可能是最重要的东西。

设想一下，如果现今中国没有春运，那就不会再"每逢佳

节倍思亲"，不会回家过年，心中也就没有一年一度对团圆的渴望——我们民族不就完全变成另一种性情与性格了吗？当然，这是绝不可能的。

从春运认识我们的春节和民族吧。多么美好的节日，多么重情义的民族，多么强大并具亲和力的文化。

是春节的年文化把所有的家乡、把中华大地变成巨大的情感磁场，是春运让我们感受到这磁场无比强劲的力量。

2010.1

图书在版编目(CIP)数据

古村·古俗/冯骥才著.—杭州:浙江文艺出版社,
2021.6
 ISBN 978-7-5339-6263-0

Ⅰ.①中… Ⅱ.①冯… Ⅲ.①散文集—中国—当代
Ⅳ.①I267

中国版本图书馆CIP数据核字（2020）第204519号

选题策划	柳明晔
责任编辑	关俊红
营销编辑	宋佳音
封面设计	水玉银文化
版式设计	吕翡翠
责任印制	张丽敏

古村·古俗

冯骥才 著

出版	浙江文艺出版社
地址	杭州市体育场路347号
邮编	310006
电话	0571-85176953（总编办）
	0571-85152727（市场部）
制版	浙江新华图文制作有限公司
印刷	浙江新华数码印务有限公司
开本	880毫米×1230毫米 1/32
字数	135千字
印张	8.25
插页	2
版次	2021年6月第1版
印次	2021年6月第1次印刷
书号	ISBN 978-7-5339-6263-0
定价	78.00元

版权所有 侵权必究
（如有印装质量问题,影响阅读,请与市场部联系调换）

古村·古俗

冯骥才 著